悪役令嬢は王子の本性（溺愛）を知らない

霜月せつ

ビーズログ文庫

イラスト／御子柴リョウ

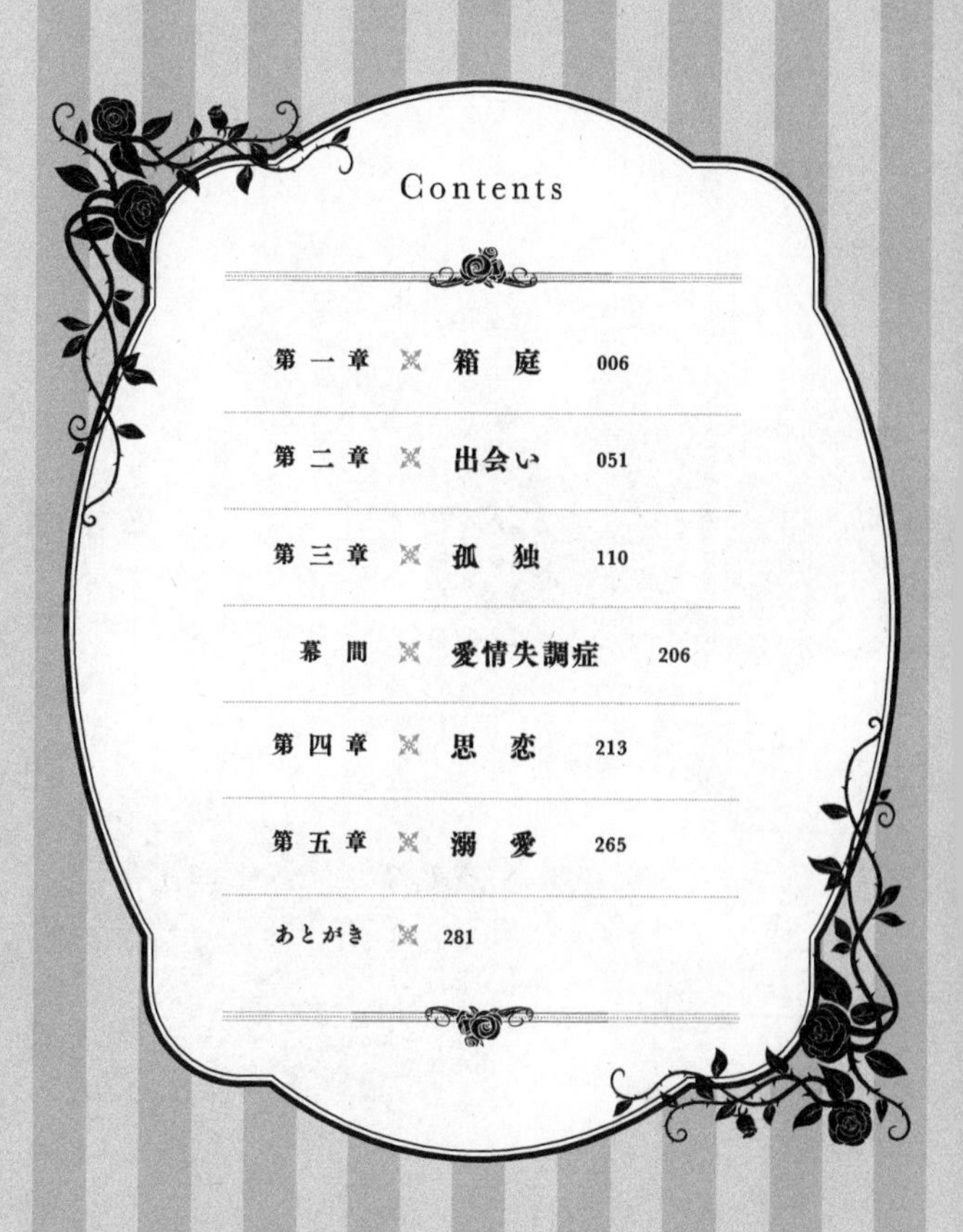

Contents

ディラン・ヴェルメリオ
第二王子。兄である王太子と不仲となり、王宮内で孤立。
婚約者のベルティーアへの独占欲がスゴイ！
ベルティーア・タイバス
乙女ゲーム、通称「キミ奏（かな）」に登場する悪役令嬢。ヒロインが現れるまで王子の孤独を癒そうとしただけがいつの間にか……!?

Character

ウィル・タイバス

ベルティーアの一つ下の義弟。可愛らしい見た目に反し、毒舌。

シュヴァルツ・リーツィオ

ディランの従者。ディランへの忠誠心が異常。

ギルヴァルト・ヴェルメリオ

ディランの異母兄で王太子。能力が高いディランと比べられて育ったため性格が歪んでいる。

ジーク・タイバス

ベルティーアの父。
妻を溺愛していながら、そこはかとなく危ない側面を持つ。

シルリア・タイバス

ベルティーアの母。
気が強く口が悪いが、病弱であまり部屋から出られない。

第一章 箱庭

あれはよく晴れた日のことだった。雲一つないからりとした快晴の下、私は静かに絶望したことを覚えている。

忘れもしない、九歳の時であった。私はとある事情で普段なら絶対に入れない王宮へと足を運んだ。王宮は王城とは異なり、謁見の間や玉座がある場所ではない。王妃や側室、その子どもたちが暮らす大きな屋敷のようなものだ。

王宮内では値段を聞くのも恐ろしいほど美しいシャンデリアが輝きを放ち、真っ赤な絨毯は踏んでしまうのが惜しいくらいに隅々まで手入れされている。

初めて訪れる王宮に私はキラキラと目を輝かせた。自分の家とは比べものにならないほど豪華で、眩しい。物語の世界に入り込んだような幻想的な光景に、幼い私の心はあっという間に虜になった。

お城を探検してみたいという子どもながらの好奇心を膨らませつつ案内人の後をついて

いくと、大きな部屋に案内された。
ここでお待ちください、と声をかけられてハッと我に返る。
浮かれている場合ではない。私は今日、たった一人で王子様に会いに来たのだ。
気合いを入れ直すためにぐっと拳を握った。滅多に近寄れない王宮を訪れるほどの事情
――それはこの国の第二王子とのお見合いである。

この国では、王族の男児は十歳になるまでに自ら婚約者を選ばなくてはならない、という慣習がある。実際に第二王子の兄にあたる王太子も十歳の頃、婚約者を迎えた。候補者は星の数ほどいて、名誉が欲しい、金が欲しい、地位が欲しいと喚く貴族たちはこぞって娘を王族の婚約者にさせたがった。私が言うのもおかしい話ではあるが、貴族の娘たちは本当に不憫だと思う。聞いた話だと、見目麗しい子を無理やり養子にして自分の娘だと偽り、王族に嫁がせようとする家まであったらしい。なんとも胸糞の悪い話である。

そんなわけで、今日は私も家の名を背負ってここに来ている。私の家は王家に次ぐ歴史を持つ、由緒正しい公爵家。王族の婚約者などという立場に頼らなくとも地位も名誉も確立されている。が、当然期待はされていた。

王族とのお見合いは基本的に自分と相手の二人きりで行われる。もちろん、お付きの人

や警護はいるんだけど、実際話すのは王子と自分だけ。だからヘマをすることは許されないし、自分をアピールできる唯一の場である。この時間に命を懸けると言っても過言ではない。王子が自分だけを見てくれる千載一遇のチャンス。この好機を徹底的に利用しろと言わんばかりの修業、否、レッスンを私もみっちりとさせられた。対面はたかが十分程度だというのに、この半年間、散々マナーを叩き込まれたのだ。

悪魔だ。きっと私を殺そうとしているんだわ、なんて思ったのも一度や二度ではない。最後の方はもはやゾンビと化した。

しかし、まぁ、両親が期待してしまうのも分からなくもなかった。なにせ、私は可愛い。世の男はメロメロだわ、と鏡の前でほくそ笑んだのは五歳の時だったと思う。

菫色の大きな瞳に、緩くカーブを描くアイスグレーの髪。

王子様だって男の子。そこらの貴族の美少女だって地位も容姿も私には敵わない。王子様もきっと私を好きになる。

そう、その時までの私は世間知らずのクソナルシストだったのだ。

王子のいる部屋に案内されて、扉の前に立った。ドキドキとうるさい胸を押さえている間に重そうな扉が開かれ、視界が一気に明るくなる。礼をする前に王子を見ないように頭を垂れ、膝を折ってドレスを少し持ち上げた。

半年のレッスンも馬鹿にはできないな、とこの時初めて思った。案外体が勝手に動いてくれる。

十分礼をした後、顔を上げて王子を見た瞬間、脳が痺れた。雷に打たれたような、記憶が掘り起こされる不思議な感覚。ゾワッと全身の毛が逆立った。

私は、彼を知っている――？

金髪の、人とは思えない美しい顔。さらさらの髪は照明を反射し、一際輝いて見えた。白い肌に埋め込まれたようなサファイアの瞳が私を映す。

この人は。

思い出そうとしたところで自分がいまだ名乗っていなかったことに気付く。

なんて無礼なことをしてしまったの！

内心焦りまくっている中、王子は笑顔を絶やさずじっとソファーに座っていてくれた。目が合うと、首を傾げて花が開くように優しく微笑む。

私は胸が射抜かれるような衝撃を受けた。

あぁ……なんて美しい方なのかしら！

固まっている私を見ても、王子は何も言わずに待っている。一瞬でピンク色に染まってしまった頭をフル回転させて、私は言葉を紡いだ。

――必ずこの美しい王子様の婚約者になってみせる。

私の頭の中はそのことでいっぱいだった。

「お初にお目にかかります、第二王子殿下。わたくしはタイバス公爵家長女のベルティーア・タイバスと申します」

ベルティーア？

自分の名前なのに妙な違和感を覚えた。

すると王子も立ち上がって、完璧な角度で頭を下げた。

「初めまして、ベルティーア嬢。私は、ヴェルメリオ王国第二王子、ディラン・ヴェルメリオと申します」


ヴェルメリオ王国、第二王子、ディラン。

この三つが頭の中で理解できた瞬間、ピンク色に染まった脳は冷え、危うく叫び出しそうになった。麗しい笑顔で挨拶をなさる王子に、常であればこの世のすべての女性がメロメロになるだろう。ここは令嬢として白い頬を紅潮させ恥じらいを見せるくらいするべきなのに、できない。

だってこの瞬間、私は〝前世の自分〟を思い出してしまったのだ。

痛む頭を誤魔化すように、にっこりと不器用な笑顔を浮かべた。

なんとかお見合いを終わらせ屋敷へ帰る。王子との会話など全く覚えていなかった。

自室へ辿り着いた途端、激しい眩暈に襲われ、記憶を整理するかのように私はそのまま丸一日寝込んでしまった。

かつての私は日本在住の女性であった。享年二十歳前後。多分学生だったと思う。友人は多い方ではなかったが、一人だけ短い生涯を共に過ごした子がいた。

彼女の名前はなぜだかどうやっても思い出せないけれど、サバサバした性格の、可愛い雰囲気の女の子。家が隣で幼稚園から大学までたまたま同じだった悪友。

好きではないが、嫌いでもない。いい奴だとは思うけど何分私に当たりが強かった。正直と言えば聞こえはいいけれど、あれは他人に気を使えないだけだ。

でも、そうは言っても私たちは常に二人だった。

隣にいるのが当たり前。頑固でプライドが高いせいで周りから孤立してしまう彼女を何かと気にかけていたのは確かである。今思えば私も彼女に結構な思い入れがあったのかもしれない。本音を言うなら、もう少し私に優しくしてくれてもよかったとは思うけれど。

　さて、そんな彼女に失恋の慰めとして薦められて始めた乙女ゲームが、これである。

『君と奏でる交声曲』

　略して『キミ奏』。

　舞台はヴェルメリオ王国。魔法を使える唯一の一族としてヴェルメリオ家が治めている大国であり、王都には大きな学園がある。その名も聖ポリヒュムニア学園。

　聖ポリヒュムニア学園には通常貴族が教養のために通うが、庶民でも入学できる制度があった。

　例外に適用されるのは特別な物事に秀でた者。料理が上手いとか、歌が上手だとか。ちなみにこの上手のレベルは王宮に仕えられる水準のものである。半端ない。

　主人公であるヒロインは万人を魅了すると噂されるほど音楽の才能に優れていた。

　その才に目をつけたプラータ子爵家の当主は庶民の彼女を養子に迎え、学園に入学させる——そこから物語は始まる。

　そんな物語の導入は正直どうでもいい。この状況にして最も問題視されることは、私がこのゲームの攻略対象者を二人しか知らないことだ。

　ハマりにハマったゲームだったが、中でも私がどハマりしたのは、攻略対象であるヒロインの幼馴染の騎士様、アスワド・クリルヴェル様である。むしろアスワド様しか攻略していない。

アスワド様は、艶やかな青みがかった黒髪と青緑の瞳をもつ好青年。剣術に優れ、幼馴染のヒロインをいつも気にかけるお兄さん的な存在。容姿はもちろんのこと、アスワド様には欠点がない。推しに対する欲目かもしれないが、堅実で優しくて紳士なお方。ヒロインに一途な姿には心打たれた。

前世での恋愛があまりに酷かったことも関係しているだろうが、私はとにかく一途で誠実な性格のキャラクターに惹かれる。

浮気されて破局だの、重いと言われて別れるだの。尽くしすぎる性格のせいで過去の恋愛では自分ばかり損をしている気になった。友人と浮気された時にはさすがに殺意が湧いた。

傷つく恋愛をそこそこ経験してきた私の行きつく先は、当然ながらアスワド様であった。

ちなみに悪友の推しは第二王子。

だから第二王子は名前程度の浅い知識しかなく、私はほかに誰が攻略対象なのかすら知らない。悪友に第二王子の素晴らしさを語られたけれど、もはや記憶にございません。

知らないものはこの際仕方ないが、最重要事項はそこではない。

重要なのは、ヒロインのライバル……ライバルというか彼女の恋路を邪魔する人物がベルティーア・タイバス――そう、現在の私であるということだ。

ヒロインをいじめにいじめ倒す自尊心の塊である、いわゆる悪役令嬢と呼ばれる奴。

——それが、私。

絶望だ。どうして私が恋の当て馬役をしなくちゃならないんだ。というか、そこはヒロインに転生させるところだろう。訳が分からない。

しかも、ベルティーアはハッピーエンドでもノーマルエンドでもバッドエンドでも、必ず消えて終わる。

詳細が描かれず『それからベルティーアの姿を見た者は誰もいなかった』というよく分からない最後を迎える。少なくともアスワドルートではそうだった。

冗談じゃない！

悪友曰く、ベルティーアの悪行が最も輝くのは、彼女の婚約者である第二王子をヒロインが攻略しようとする時らしい。アスワド様のルートではただのいじめっ子として立ちはだかるから、王子ルートで彼女が何をしているかなんて知る由もない。

だけど、正直私はベルティーアが嫌いではなかった。ベルティーアが出てくるイベントではアスワド様の好感度が五割増しで上がるので。

ちなみにベルティーアは王子を見た瞬間に一目惚れをし、必ず婚約者になろうと金と権力をフル活用して無理やり王子の婚約者になる……らしい。

悪友の話なんて半分以上聞いていなかったから、合っているかは分からないけど。

　そのことを思い出した時はさすがにヒヤリとした。実際、お見合いの場面で私は彼に一目で心を奪われていた。危ない。

　ともかく、ベルティーアは自分から婚約に漕ぎ着けたようなので、これから私が何もしなければ、王子の婚約者に選ばれることはないはずだ。

　であれば、物語も変わってくる。

　なんだ、なにも怖いことはない。どうせならこの美貌でアスワド様と恋愛しちゃおうか。

　そんな風にニヤニヤしたのはつい昨日のことだったと思う。

　何がいけなかったの？　翌日、そう思わずにはいられない状況に私は陥っていた。

　目の前には金髪碧眼の美しい方。

「こんにちは、三日ぶりだね。ベルティーア」

「あの、殿下。なぜ我が家に？」

「なぜ？　ベルティーアは僕の婚約者になったんじゃないか。婚約者の家を訪れるのは当たり前のことだろう？」

「こ……婚約者？　私がですか⁉」

　思わず大声で聞き返す。

　私は何もしていないはずだ。お父様は帰ってきて早々に寝込んだ私を見て心配そうにしていたし、お母様も状況を察して静かに見守ってくれていた。

「そうだよ。今日から君が僕の婚約者だ。あれ？　嬉しくないの？」

「無礼を承知でお伺いしますが、なぜ私なのですか？　正直に申しますと、私が特別何かをしたような覚えは全くないのですが」

そう尋ねると、王子は少しだけ目を見開いた後、金色の髪をさらりと揺らしてそれはそれは美しく微笑んだ。

「そうだねぇ……。強いて言うなら、面白そうだったから、かな。君といると退屈しなさそうだ」

「面白そう……退屈しない……」

「うん、なにか不満？」

面白いって。まるで少女漫画のイケメンだけに許される台詞のようだ。

まぁ、面白いだろうがなんだろうが、王子が私を好きではない時点でゲーム内容とはさほど変わらない。王族の婚約者という厄介な肩書を背負っただけだ。

「いいえ。光栄ですわ。殿下」

「うん、よろしくね。ベル」

いきなり私の名前を愛称で呼んだ王子に、さすが攻略対象者だと唸らずにはいられなかった。

早いもので、私が王子の婚約者に選ばれてから約一か月が過ぎた。私と彼の関係は全く進展していない。一週間に一度我が家へ来て二人でひたすら雑談するだけ。話す内容は世間話という名の社交辞令ばかりである。

一週間に一度ってかなりの回数じゃないのかと最初の方こそ思っていたけれど、王族ではそれが普通らしい。王族である夫を支えるのは妻の役目であり、信頼関係を構築するためにもこうしてかなりの頻度で会う必要がある。王族の男性が十歳で婚約者を迎えるのもそれに起因しているのだろう。

とはいえ、王族の歴史を学んだ時点では、せいぜい月に一回程度という話ではなかったのか。

どうせヒロインと結ばれる運命だから、渋々受け入れているけれど。

一か月に約四回も王子を見て感じたことは、美しいなとかずっと笑顔だなとか、本当にどうしようもないことばかりである。

世間話もそろそろネタがなくなりそうな上に毎度来てもらうのも気が引けるから、もう来なくて良いですよって言いたい。……言いたい。

「殿下がいらっしゃるのは明後日のはずでは？」

本来ならば二日後に来る予定だった王子が、なぜか今日も我が家に来ている。しかも世間話をしに来た様子ですらなく、客間のソファーに座って本を読んでいた。

彼は本から視線を外すと、こちらを見てにっこりと笑った。

「少し事情があってね。気にしなくていいよ」

ヒラヒラと手を振ってまた本を読み出した。私は向かいの席に座ってこっそりため息をつく。

王子が目の前にいるのに私まで本を読むわけにはいかないし、違う場所に行くことも叶わない。本当に厄介な客人だわ。

もう一度ため息をついて、紅茶を飲んだり外を眺めたりしてなんとか時間を潰した。今世で生きてきた中で、一番長く感じる時間だった。

「ごめんね、今日もお邪魔するよ」

多分私の顔は死んでいた。

王子の連日の来訪二日目を過ぎた頃から、私は諦めて本を読むことにした。王子が読んでいるような難しいものではなく物語を読んでいる。客間で二人、シーンとただただ読書をするだけ。

読書は楽しい。誰といようが没頭できるので暇には感じない。……が、さすがにそろそろ問い詰めても良いだろうか。王子が日がな一日ずっといるとなると、使用人や侍女たちも萎縮してしまうし私自身も気疲れする。

今日もソファーに座って無言で本を読む王子を見据えて、私ははっきりと告げた。

「殿下、読書は王宮でもできることです。このように頻繁にご訪問されるほどの事情がおありなら仰ってください」

まさかこんなにきっぱり言われるとは思っていなかったのか、王子は本から顔を上げて少し瞠目した。

「……ベルは知らなくていいことだよ」

初めて見せた王子の強い口調に驚いて、思わず体を引いてしまった。いつもの微笑みのように見えるけれど、明らかに拒絶を示すような圧がある。

しかし、こちらも負けじと見つめ返した。サファイアの瞳が私の鋭い視線を受けて動揺したかのように揺らめく。

そして不意に、相手の目が伏せられた。

「ふふ。ベルには敵わないなぁ」

降参だというように両手を上げてわざとらしくため息をつくが、どこか嬉しそうにも見えた。王子相手に生意気で申し訳ないけど、このままでは私の精神衛生上にも良くない。

「申し訳ありません。お節介なのは重々承知なのですが」

「ベルが謝る必要はないよ。事情も言わずに家に上がらせてもらった僕の方が余程失礼だったからね」

ごめんね、とまた作ったような笑みを浮かべた。

「事情……そうだね。僕は兄弟と仲が良くないんだ」

「ご兄弟といいますと、王太子殿下と王女殿下のことですか？」

「どちらかと言えば兄の方かな」

「王宮にいたくないほど仲がよろしくないのですか？」

「あれ？　かなり有名な話だと思ってたんだけど」

彼は感情のない、無機質な笑顔を浮かべる。

その時、私は彼の触れてはいけない心の傷に触れてしまったことを悟った。相手は一国の王子だ。悩みの一つや二つあるだろう。兄弟仲が悪いなんて、君主制ならよくあること。軽率だった。

「兄は側室の子どもである僕のことが大嫌いで、よく意地悪をされているんだ。昔はまだ仲が良かった気もするんだけどね。変わってしまったんだよ。僕も、彼も」

この話はやめた方がよいのでは……と迷っていたが、王子はそんな私の様子に気付くことなく続ける。虚ろな瞳が客間から見える庭を見つめていた。

「兄は家庭教師とか侍女とか僕と仲の良かった人たちを皆追い払った。僕に近づくと辞めさせられるのだから、困ったものだよね」

明確な悪意のある扱いを受ければ、誰だって歪む。

実の兄から人格を歪めることをされたのだ。それも奪うという方法で。

「王太子殿下のされたことを、陛下はお止めにならなかったのですか？」

「残念ながら。父上は兄上が一番だからね。僕には目もくれない」

王子は自嘲するように口角を上げた。いつもの取ってつけたような微笑ではなく、苦しみと悲しみと憎しみをごちゃ混ぜにしたような下手くそな笑みだった。

かける言葉が見つからずに視線を下げた。王子の家族関係がこんなに複雑なものだと、婚約者教育を受けていたにもかかわらず、なぜ今まで気付けなかったのだろう。

陛下に見初められた美しい側室、それが王子の母親である。彼女は王子を産み落とした
と同時に亡くなっていたはず。

彼はずっと、独りだったのだ。

「そんな悲しそうな顔しないでよ」

王子が我慢して無理やり笑っているのに、私が悲痛な顔をするわけにはいかない。同情なんてもってのほかだ。お前に分かってたまるかと私だったら思う。でも、こんな時どんな顔をすればいいのか分からない。

「……君に一つ、嘘をついた」

王子は何も言えずにいる私を見かねてか、突然そんなことを言った。

「君を婚約者に選んだ理由。本当はちゃんとあるんだ」

「それは……」

「誰でも良かったんだ。あそこから抜け出せるなら、どんな場所でも良かった。たまたま君がタイバス家の娘で、君の家は王宮から近くて通いやすかった。君が選ばれたのはたった、それだけの理由なんだよ」

申し訳なさそうに王子は続けるが、私は彼の目を見られなかった。

選ばれた理由なんて、どうでもいい。

ただ、私も王宮の人間と同じように、頻繁に訪れる王子を鬱陶しく思ってしまったことに後ろめたさを感じていた。彼は前世の記憶を持つ私とは違う、本当にまだ幼い子どもだというのに。

パチンと軽く手を叩き、この話はもうおしまいね、と彼はひっそり笑った。

王子が帰った後、私は一人考えていた。

前世で彼を攻略したことがない私は、王子の過去も、王子がこれからどうなるかも知らない。ヒロインに出会って心の傷を癒していくのか、それとも学園に入る前からヒロインとの接触があるのか。

あぁ、もっと友人に聞いておくべきだった。

今さら後悔しても遅いとは分かっているけれど、彼にこんな深い闇があるなんて、私はこれっぽっちも予想していなかったのである。

王子が騎士様のように幼馴染としてヒロインと今の時期に出会うならまだいい。言い方は悪いが、心のケアをすべてヒロインにやってもらえば良いのだから。

だけど一か月王子と話してみて、そういった予兆は感じないし、婚約者のいる王子がほかの女の子と出会うとは考えにくい。それに加えてヒロインは庶民。庶民が運よく王族に会うなど不可能だ。ここが乙女ゲームの世界であったとしてもさすがにあり得ない。

そう推測すると、王子は学園に入るまでずっとヒロインとは出会えず、傷を抱えたまま五年弱も独りで過ごさなければならないのだ。

それは、いくらなんでもあんまりではないか？　このままずっと好きでもない婚約者と過ごして救いの手が伸べられるのを待つだけ。こんなの拗らせるに決まっている。

しかもその間、私は側で見ていることしかできない。傷ついている子どもを何年も放置するってことだ。そんなの私が耐えられない。

そっと目を閉じて、今では懐かしくなってしまった、かつての記憶を思い出す。

私は前世で妹が二人、弟が二人という今時では珍しい五人兄弟の長女だった。妹二人はいい子であまり手がかからなかったけれど、二人の弟には本当に苦労した。共働きの親の代わりに部活もせず、家事をするために急いで家に帰って弟たちの面倒を見ていた。男の子特有の喧嘩や危険な遊びをいくら叱っても、その場凌ぎの謝罪しかなくて、また傷を作って帰ってくる。

一番歳の近い弟は特に荒んでいて、私の忠告なんか聞きもしない。そんな弟を見て育った六歳離れた下の弟も生意気に育ってしまった。

当時まだ高校生だった私は、荒れまくった馬鹿な弟のことでいっぱいいっぱいだった。悪友も何かと手伝ってくれたけど、短気な彼女はすぐに弟と取っ組み合いの喧嘩を始めてしまう。一度彼女が、『姉に迷惑かけてるんじゃないわよ！　いい加減にしないとブッ飛ばす！』とぶちギレて弟を殴り飛ばしたことがある。さすがに焦って、鼻血を出した弟に駆け寄ったけれど、そんな私を突き飛ばして弟は家を出て行った。

無事帰ってきたから良かったものの、当時は家出したのではないかとヒヤヒヤした。その後はしばらく口を利いてもらえなかったけど。

そんな日々が一変したのは、一番幼い妹の誕生日。親が仕事で家に帰れず、兄弟五人での晩餐となった。私はせめてもと妹が大好きなオムライスを振る舞い、荒れた弟たちも引っ張ってきてみんなで食べようとした時、急に妹が泣き出したのだ。

『お母さんたちはどうしていつもかえってこないの？』

誰も、何も言えなかった。兄弟の、馬鹿な弟たちですら触れなかったこと。妹は幼くて何も分からない。仕事だよって言ってもきっと納得しない。

重たく冷たい沈黙が、狭いリビングに落ちた。皆の顔が暗くなる。私が言いあぐねていると、いきなり髪を金色に染めた弟が立ち上がって叫んだ。

『俺たちのことなんかどうでもいいからに決まってるだろ。あいつらは俺たちなんか忘れてるんだよ！』

そう言って、椅子を蹴った。

『いつも家にいねぇし、俺たちなんてどうでもいいんだ！』

ガンッと耳を刺すような音がして、弟が壁を殴ったのが分かった。力を入れすぎて手から血が滲んでいる。

『やめなさい！』

『姉さんも姉さんだろ！』

鋭い視線を受けて少し怯んだ。睨む弟の目にはうっすら水の膜が張っていた。

『なんで、笑っていられるんだ。なんで、俺みたいな奴の面倒見れるんだ。俺たちのせいで大好きだった剣道辞めたんだろ？　姉さんだって母さんたちみたいに俺たちを捨てればいいのに』

そう叫んだ弟の目から、ついに涙が溢れた。

『俺だってお前らなんか捨ててこんな家出ていきたい。帰ってこない親なんかいらない。……けど、誰も、俺を、見捨てないから』

そう言い、泣き崩れて、床に涙を落とす弟に私は言葉を発することができなかった。弟の言うことは正しい。私だって、弟みたいに好き勝手に生きたいと思った。剣道を好きなだけしたいと思った。なんで私ばっかりなのって親を恨んだりもした。

でも、弟たちを見捨てるなんて選択肢は一度だって浮かんだことがない。

『馬鹿！』

そんなこと、できるわけがない。

『本当に……馬鹿だよ。あんたは』

反論することなくひたすら喚くように泣く弟を優しく抱きしめた。弟はされるがまま。鼻水を啜るような音がした。

私たちを見てぼろぼろ泣いていた妹たちも手招きして、一緒に抱きしめる。生意気な下の弟も今だけは素直にこちらへ来た。泣かないように唇を噛みしめているけど、すでに涙と鼻水でぐちゃぐちゃだった。

『なんで姉さんも泣いてんの……』

泣き止んだ弟は、ばつが悪いのかこっちを睨んでいた。目が真っ赤に充血しているので全然怖くないけれど。

『あんたは私に好きなことしろって、俺たちなんか捨てろっていうけどさ。そんなことできるわけないじゃない』

明るく振る舞おうとしても、どうしても涙声になってしまう。

『だって、私たち兄弟なんだよ。世界に五人しかいない唯一の兄弟なんだよ』

そう言うと弟はまた泣きそうにくしゃりと顔を歪めた。私はありったけの力を込めて四人を抱きしめる。

『姉さんが皆を捨ててどうすんの！　姉さんは皆のこと大好きなんだから！』

そういう私もぼろぼろ泣いてしまった。だって、金髪の弟が抱きしめ返してくれるから。

『お、俺も好きだよっ！』

声を裏返しながらそう言ったのは六歳離れた弟。それに続いて、三歳離れた妹も、一番幼い妹も言い出す。

『わ、私も大好き！』

『みゆも！　みゆもみんなすき！』

そして必然的に皆の視線が金髪の弟に集まった。充血した目を見開いて、え、俺？　なんて顔をして固まっている。皆の視線に耐えられなくなったのか逃げ出そうとしても、私がきつくホールドしているので逃げられない。

『っ、俺だって、俺だって好きに決まってんだろ！　じゃなきゃこんなとこいねーよ、バカ野郎！』

泣いて赤くなった顔をさらに赤くして叫んだ。バカ野郎は余計だけど、この弟から好きなんて単語を聞いたのは何年ぶりだろう。

嬉しくて、寂しくて、でも嬉しくて、私たち兄弟は妹の誕生日だというのにわんわん泣いた。抱き合いながら、団子になって大号泣した。

私はこの日、初めて兄弟たちの孤独に触れた。

王子を見ていると、弟たちが重なる。実際、私も親がいなくて寂しかった。その思いを埋めるように剣道をしたし、友人がいたからこそ頑張れた。だから、王子の孤独感が身につまされるように分かるのだ。

私はヒロインのように王子を救えない。弟や妹にとって、私が最期まで〝親〟にはなれず〝姉〟だったように。

だけど、せめて気を紛らわせることなら私にも可能だと思う。……多分。

遊ぶなり話すなりして、これ以上彼が孤独を感じないように一緒にいる。それなら私にだってできる。要は話し相手、一番身近な友人になればいい。

ふと、いつも王子と共に訪れる少年の姿が脳裏を過った。黒ずくめで、影のように王子の後ろに控えている。婚約者になってすぐ、王子から自分の唯一の側近だと紹介されたけれど、一度も二人が話しているところを見たことがない。彼は王子とどんな関係なのだろう。仲がいいのか、それとも王太子の息のかかった人間なのか……。信頼できるか自ら判断しなくては、逆に王子の傷口を抉る可能性がある。それはまぁおいおい考えるとして。

王子と友達かぁ……。難易度高すぎない？

ヒロインはどうやって王子の心を掴んだのだろう。ここは直球勝負で、もう少し心を開いて仲良くなろうと言ってみる？　距離の詰め方が性急すぎるかな。でも言葉にして伝えることが、コミュニケーションにおいて一番重要ではないだろうか。

結局は、正面突破で行くのが一番早い。大丈夫。今の私は事実上小学生だから恥ずかしがる必要はない。

一時的な痛み止めでもいい。ヒロインが現れるまでなんとか私が王子を引っ張る。いずれ婚約破棄されるとしても、今は私の婚約者だ。なら多少振り回してもいいだろう。好きになってもらう必要がないのだから、開き直って遠慮なく付き纏えばいい。

王子よ、待っていろ。私が君の友人第一号だ。

決行は明日。名付けて『お友達大作戦』！

翌日。いつもより早い時間に起きてザッと勢いよくカーテンを開ける。本当は侍女の仕事だけど今日は自分でしたかった。

大きな窓の外にはキラキラ輝く朝日と透けるような青い空。

「天も私に味方しているのね」

雨が降っていたら今日の作戦は実行できないことになる。私は決めたら即行動するタイプの人間なので、ここで出鼻をくじかれたらたまらない。

気合いを入れるためにもドレスを入念に選んだ。クローゼットに所狭しと並べられている色とりどりのドレスを順番に見る。

これからの作戦も考えて、簡素なドレスを選んだら侍女たちに渋い顔をされた。簡素と言っても、私からすると十分派手なのだけれど。仕方なく、私はスキル『令嬢の我が儘』を発動した。このドレス以外は断固拒否であると示すため、ドレスを握りしめて「これにするわ」とはっきり告げる。

渋々着せ替えてくれた時は勝ちを確信したが、いつも以上に化粧を濃く塗られた。そんな厚塗りしなくても、ベルティーアは元が綺麗だと思うんだけどな。納得いかない。

三回深呼吸をして、玄関前で使用人たちに混じって王子を待つ。私が王子を出迎えるのは実は初めてだ。いつもは屋敷の中で待っているが、今日は作戦を成功させるためにも、こうするのが一番有効だと考えた。何事も先手必勝。ふうっと息をついてから、もう一度胸に手を当てた。

しばらくは大人しく待っていたけれど、次第に落ち着かなくなってくる。到着の時間が迫るのを感じるほど心臓がばくばくと音を立てた。

もしも、ここで王子に嫌われたら、二度目のチャンスはない。ここに来る回数も少なくなる。そりゃ、嫌いな相手と好き好んで一緒にいたいとは思わないだろうし。

そこまで考えて、ん？　と首を傾げた。

待てよ、もし王子が家へ来なくなった場合、彼は王宮にいることになる。でも王宮には兄がいるし、婚約者も嫌いで……となったら板挟みでなおさら拗らせるのでは？

芋づる式に不安要素がどんどん増えていく。結局、私が今日の作戦を成功させるしかないのだ。行動しなければ何も改善しないし、誰も幸せにならない。なら何かやって玉砕した方がまだマシというものだ。

頑張れベルティーア、当たって砕けろ！

砕けたくはないけれど、と心の何処かでそっと呟いた。

自分を必死に鼓舞していると、がらがらと馬車を引く音がして慌てて背筋を伸ばした。

控えていた執事たちと同じように深く礼をする。

ドアの開く音が聞こえて、黒い靴が目の前で止まった。

「どうしたの、ベル。お出迎えなんて珍しいね」

顔を上げると純粋に驚いた顔をした王子がいた。

「はい。今日は我が家の庭を案内させていただこうかと思いまして」

「庭を？」

「ええ」

にっこりと、王子を見習って意図を悟られないように笑う。多分できてる。一瞬王子が不可解そうに眉をひそめた。

しかしそれは本当に一瞬で、またすぐに笑顔に戻る。

「そっか、だから待っていてくれたんだね。ありがとう。じゃあ早速案内してくれるかな？」

「……こちらです」

私ができる精一杯の笑顔で王子を見ると、彼も私を見ていた。目が合って、お互いに微笑み合う。端から見れば和む光景だが、当事者の私たちは違う。

王子は思いのほか警戒しているし私も戦う気満々。視線の間には火花が散っているに違いない。

脳内でゴングの音が鳴り響いた。

庭案内は今のところ順調で、王子はなにも言わずについてきてくれる。花の種類を一つ一つ説明すると、この花は春になると赤い花を咲かせるんだよね、などと豆知識を披露してくれた。が、正直手応えはいまいちである。

花を見て、立ち止まることはあってもほんの数秒だけ。これでは思ったよりも早く案内が終わってしまう。

「殿下、あの……楽しくありませんか？」

薔薇のアーチを見ている王子に声をかけた。彼がゆっくりとこっちを振り向く瞬間、金色の髪が日に照らされて天使の輪を作った。相変わらず美しい方だ。

「そんなことないよ？　ほら、この薔薇だってこんなに綺麗。よく手入れされているね」

そう言ってまた薔薇に視線を戻した。

ああ、どうする。このままでは現状が変わりそうにない。彼も警戒したままだ。ここはやはり一発玉砕するしかないのか。

思案していると、王子がある場所に足を向けた。

「ま、待ってください！　そこは……！」

「あっちはだめなの？」

「だ、だめです！」

「へぇ……そう言われると覗きたくなっちゃうな」

いつものように優しく微笑んでいるはずなのになんか変な悪寒がする。細められた瞳が意地悪そうに歪んでいた。なんとなく感じてはいたけれど、王子って何気にサディストの傾向がある気がする。ドS設定のキャラなのだろうか。

微笑みを通り越して妖しげに笑っている王子を見て、逆に彼の警戒心が薄まっているのに気が付いた。焦った私に対して自分の優位性を感じたがゆえの余裕な気もするけど、王子の機嫌がいい今ならいけるかもしれない。

「殿下、お願いがあるのですが」

「え？　お願い？」

「私と、友達になってくれませんか？」

汗がべったりついた手のひらを強く握りしめる。腹に力を入れてしっかり王子の目を見て言った。王子はぽかんと呆けた後、今度は今までにないほど警戒を強めて笑った。

私は怯むことなく続ける。

「私、貴方と仲良くなりたくて」

「どうして僕と仲良くなろうなんて思ったの？」

今度は笑顔を一転させて真顔で問う。いつもの柔和な笑みはどこかへ消え、冷たい双眸が私を捕らえた。

まさか真顔になるなんて予想もしていなくて驚愕し、言葉を詰まらせる。美少年の真顔という迫力がありすぎる表情に体が硬直した。

「俺の過去を聞いて憐れになった？　ただの同情かなにか？　あ、それとも単純な興味かな。自分の婚約者が王宮で邪険にされているなんて気にならないはずないもんね。俺みたいなのにくだらない理由で選ばれるとか、君も不運だよ。可哀想に」

一人称が変わった。多分こっちが本来の彼に近い。

怖いけど大丈夫。怒りをぶつけられるのは前世の弟で慣れている。

大丈夫、大丈夫と心中で呟きながら私は王子の一挙一動を見逃さないように目をそらさず黙って話を聞いていた。

「同情なら、いらない。馬鹿にするな」

「馬鹿になんかしていません！」

思わず言い返してしまったが、王子が反論しないのをいいことに構わず続けた。

「ましてや同情でもありません。私が殿下に同情できるような立場でないことはちゃんと分かっています」

今度は私が睨みつけるように彼を見つめる。

「すべて、自分のためなんです」

用意していた言葉を頭から引っ張り出した。

同情なんかじゃない、と分かってもらうために、自分を引き合いに出す。しかし、王子は淀んだ瞳を細く歪めた。

「ああ、知ってるよ。君みたいな、偽善を生きがいにしているような子。おかしいよね。

そもそも俺は助けなんか求めていないし君に助けてもらおうとも思わない。そういう自分勝手な正義感は他人を受け入れられるほど余裕のある奴を相手にしてくれない？　迷惑だよ」

微笑んで皮肉を吐く王子に図星をつかれた私は固まってしまった。

弟でもこの時期はまだ素直だったのに。思っていたよりも根が深かった。これを攻略するヒロイン、偉大すぎ。

私が委縮して黙っていると、彼はハッとして唇を噛む仕草を見せた。

どうやら、言いすぎたことは自覚しているようだ。

苦悶の表情で俯いた王子は、地面を見つめつつも時々ちらりとこちらを見た。私と王子の視線が交わると、王子は気まずそうにすぐまた目をそらす……といったもじもじとした仕草が繰り返された。先ほどと全く雰囲気の違う王子に思わず心の中で笑ってしまう。子どもらしい一面があって安心した。

このまま仮面笑顔でスルーされてたら私の心が折れる。

そこで私は、もう一度背筋を伸ばして顎を引く。ここが正念場だ。

「私も正直に言います。私は、殿下と仲良くなることに下心がないわけではありません」

そう言うと、王子の肩が怯えるように揺れた。私は深呼吸をして続ける。

「私には、友達というものがおりません。パーティーにも出席したことがないので当たり前かもしれませんが。兄弟もいないのでいつも一人なのです」

一人、と言うと王子が少し顔を上げた。

「一人でできることと言えば、本を読むとかお勉強をするとかですけれど、さすがに一日中ずっとでは面白くありません。それにあと二、三年もすれば王子妃の教育も始まって、本を読むどころか自由な時間もなくなるでしょう」

「……そうだね」

完全に顔を上げた王子がそこで申し訳なさそうに顔をしかめる。

私が一つ違いの王子と同じ十歳になった頃には、きっとたくさんの家庭教師と教材の山に囲まれていることだろう。仮にも王族に嫁ぐのだから仕方のないことではあるが、憂鬱である。きっと地獄のような日々を過ごすに違いない。

前世の大学受験の勉強漬けの日々が脳裏に浮かんだ。多分あんな感じ。

「そこで私は考えました。どうしたら今のうちに楽しめるだろうと。どうせなら二、三年後にできないようなことがしたいのです」

「例えば？」

「えぇっと、鬼ごっ……あ、いやかくれんぼ！　かくれんぼがしたいです」

「かくれんぼ？」

鬼ごっこと言いそうになって慌てて言い直した。庭で走り回って王子が怪我でもしたら大変だ。

「庭とか、家の中とかで、一人が隠れてもう一人が探すゲームです」

「あぁ、なるほど。二人じゃないとできないんだね」

　王子は納得したように笑う。

「そうならそうと言ってくれれば良かったのに。ベルが王子妃の教育を受けなければならないのは僕のせいなんだから、言ってくれればいくらでも付き合うよ」

　いつもの調子に戻ったらしい王子はにっこり微笑んだ。

　違う。私が言いたいのはそういうことじゃない。王子とある程度親しくならないと意味がないのだ。ただ相手に合わせるだけの遊びなんて楽しいわけがない。王子が時間を忘れるほど楽しくならないと、寂しさから気を紛らわすことなんて無理だ。

「私たちが仲良くならないと意味がないんです！」

「え？　どうして？」

「だ、だって殿下にはやっぱり気を使いますし、殿下だって私にお心を開いてくれているわけではないでしょう？　私たちはもっとお互いを知った方がいいと思ったんです」

　ちらりと王子を見ると、彼は大きな目をさらに大きく見開いて固まっていた。何か間違(まちが)ったかもしれないと慌てて言(い)い繕(つくろ)おうとするが、上手い言葉が見つからない。

「あの、生意気言って申し訳な……」

「ふ、ははは！」

突然笑い出した王子を驚いて見る。

目に涙を浮かべて、見たことがないほど爆笑していた。訳が分からず狼狽してしまう。

「いやぁ、ごめんごめん。ベルがあまりにも必死だからおかしくておかしくて」

「なっ！」

馬鹿にされたような気がして思わず顔を赤くして声を上げた。そりゃあ、必死に決まってるでしょう！　王子がこんなに手強いなんて思ってなかったんだから！

恥ずかしさから顔を赤くした私を王子がさらに笑った。

「いいよ。友達……だっけ？　でも、結局ベルは俺と仲良くなりたいんだよね？　なら別に〝友達〟にこだわらなくてもいいじゃない。もう婚約してるんだし、なんでそんなに呼称に固執するのか理解できないな」

鋭すぎませんか。

黙り込んだ私を見て王子は追及するのをやめた。これ以上は不毛だと判断したのだろう。

「でも、まさかベルがこんなに俺のことを考えてくれてるとは思わなかったなぁ」

初めて王子が嬉しそうに笑った。

「ベルとなら上手くやっていけそうだよ」

……大成功とは言えないけれど、前よりは仲良くなれたかもしれない。これを期に、もっと仲良くなれたらいいな。

薔薇の香りが充満する小さな小屋のテーブルで手元を睨む。

目の前には満面の笑みを浮かべた王子が、あと一枚になったカードをヒラヒラと挑発するように揺らした。

私は顔を歪めて唇を噛む。

「ベル。早く引かないと終わらないよ？」

「くっ……」

震える手を無理やり動かし、王子の手元に残ったカードを引く。私が持つのは滑稽なピエロのみ。

「はい。俺の勝ち」

「なんで……なんでですか！」

五戦五敗。

この人強すぎる。

お友達大作戦を八割方成功させてから、さらに数か月が経過した。あれから二人でいろいろな遊びをしているけれど、勝負ごとでは一度も勝てたためしがない。

「もう一回、もう一回やりましょう！」

「ベルって意外と負けず嫌いだよね」

「私って分かりやすいですかね……？」

「うーん、そうでもないけど。この、とらんぷ、だっけ？　これ手作りでしょ？」

「はい。私が考えた遊びなので」

実はこの世界にトランプは存在しない。チェスやタロットとかはあるくせに、トランプはないのだ。

手作りだが、かなり上出来だと思ったんだけど。

「最初こそ手こずったんだけど、今じゃもうカードを覚えちゃったから」

「カードを覚える？」

「これとかさ、ハートの七には少し傷があるし、スペードの十一はここが切れてる」

「……まさか、カードの特徴、全部覚えたんですか？」

「覚えてしまったんだよ」

王子はにっこり笑って肩を竦めた。

なるほど。この人に勝とうと思った私が馬鹿だった。

「じゃあもうこのトランプは使えない？」

「数字とかマークが重要なゲームなら無理だね」

「ええ……。もっとやりたいゲームがあったんですよ」

大富豪とか七並べとか。

久しぶりに白熱したかったのに。

頬を膨らませている私を華麗に無視して王子が話し出した。私に対する態度が雑である。

「にしても、ここはすごくいいところだね」

「私が幼い頃、庭を探検していた時に見つけたんです」

薔薇が咲き乱れる小さな空間。

私が例の作戦を決行した日、唯一王子に案内せず隠した場所である。あの後どうしても気になったみたいだから、お友達になったことだし教えてあげることにした。

私が前世を思い出す前からこの場所はお気に入りだ。温かい木漏れ日に雨を凌げるだけの屋根とテーブルと椅子があって、その周りには薔薇が美しく咲いている。

手入れをしないように庭師には言ってあるので、自然な状態のままだ。薔薇が無造作に咲き乱れているこの感じが好きなのだけれど、見る人によってはだらしなく思われそうだったので王子を案内しなかった。何だかんだと彼も気に入ってくれているみたいなので良しとしよう。

「私のとっておきの場所なんですよ」

「もう、俺に教えちゃったけどね」

王子が意地悪そうに微笑んだ。私もにっこり笑う。

「そうですね。秘密基地っぽくてドキドキしませんか？」

「ひみつきち？」

「んーと、秘密の場所って意味です。遊ぶための私たちだけの場所」

「俺たちだけの……？」

王子は一瞬驚いたように目を見開いたが、すぐに嬉しそうに笑った。

その笑顔が花開くようで、思わず見惚れる。

「そっか、秘密か。俺たちだけの、秘密。ふふ、わくわくするね」

あまりに嬉しそうに笑うものだから、私も嬉しくなって二人でくすくす笑った。

「あ、そうだ。せっかくだからベルに俺の魔法を披露しようと思うんだけど、見たい？」

「ま、魔法⁉」

突然の誘いに驚いて思わず立ち上がってしまった。

そうだ。忘れていた。ヴェルメリオ王家は唯一魔法を使える一族だ。

私の大好きな騎士様であるアスワド様のルートでは魔法の魔の字も出なかったから、すっかり忘れていた。

「王族の方は皆、魔法を使えるんですか？」

「そういうわけじゃないよ。魔力なしが生まれることももちろんある。魔法が使える王族でも個人で魔力量とかは変わってくるけどね」

王子の言葉と同時に、花が空中に現れた。

桃色の小さな花だ。梅の花に似ている。

「え、わっ！」

ぽかんとしている間に、私の周りからも花が飛び出す。

落とすのは勿体ない気がして空中に舞う花たちをできるだけ手の中に収めた。魔法ででてきたその花たちはキラキラと輝きながら消えていく。

「ベル、ちょっとこっちに来て」

王子が手招きしたのは屋根の外にある芝生。言われた通りに外に出ると、日差しが強くて思わず目を細めた。

「婚約者殿」

呼ばれて王子の方を見ると、彼は跪いて私の左手を取る。あり得ない状況に内心絶叫した。こんな状況を誰かに見られたら後で絶対に怒られる。

王子は焦る私を楽しそうに眺めるだけで、頑なに立とうとしない。

「殿下！　ダメです、立ってください！」

「えー？」

不服そうに眉を下げながら、上目遣い（うわめづか）で私を見つめるその顔の良さに思わず呻き（うめ）声が出そうになった。自身の美貌を自覚しているのかいないのか、王子はそのままあざとく小首を傾げ、こちらの気を引くように手を軽く握った。

「ベル、今だけでいいから名前で呼んでほしいなぁ」

王子の甘い声色（こわいろ）と仕草に、ぐっと喉（のど）が詰まる。

視線を彷徨（さまよ）わせながらも「ディラン様……」と小さな声で呼べば、彼は嬉しそうに破顔した。

「俺から君に花束を贈（おく）ろう」

王子は美しすぎるご尊顔でとろけるほど優しく微笑んだ。輝く金髪と宝石みたいな青い瞳が眩しい。王子の周りに見える恐ろしいほどのキラキラは幻覚（げんかく）か、ただの日光の反射か。目の前の美少年を直視できずにくだらないことを考えていると、彼は私の左手の薬指に唇を落とした。

羞恥（しゅうち）が沸（わ）き起こってみるみるうちに頭に血がのぼる。

前世では薬指に指輪を嵌（は）めているのは既婚者（きこんしゃ）の印だったけど、この世界でもそうなのだろうか。日本人が作った乙女ゲームだし、そういう要素がある可能性は高い。

顔を赤くした私を見て、王子は満足そうに微笑んだ。

刹那、風が吹き、花が舞う。

思わず瞬きをすると、次の瞬間にはあのピンクの花がさっきとは比べものにならないほど私の周りに舞っていた。

もう一度強い風が吹いて花がグルグルと私を囲うように靡く。ふわりと甘い香りがした。

「わぁ……」

美しく幻想的な光景に釘付けになる。青い空や太陽の光も花を引き立てるように輝いた。桃色の花弁は風にのり、揺らめいて落ちていく。

甘い香りに、美しい光景。頬を撫でる風と花の柔らかい感触。

何もかもが綺麗だった。

「気に入ってくれた？」

「すごく、綺麗で……見惚れてしまいました。とても美しいです」

あまりにも語彙力のない自分にがっかりしながらもなんとかこの感激を伝えたいと身振り手振りまでつけて感想を述べる。

「本当はね、王族は自分の婚約者に贈り物をするのが通例なんだ。婚約の証としてね。だけど……なんていうか、申し訳ないんだけど俺はアクセサリーなんて疎いし、婚約者っていう存在に興味がなかったから用意してなくて。だから、俺の魔法を、親愛の印に」

王子が少し照れくさそうに笑って花束を私にくれる。その花束には薔薇と、可愛らしい花たちが咲き誇っていた。

「ありがとうございます。嬉しいです」

「いつか、ちゃんと贈り物するから」

そう言った王子の髪に花弁がちょこんとのっているのに気付いた。

取ってあげようかと思ったけど、やめて手鏡を取り出す。

「鏡なんか取り出してどうしたの？」

「ふふふ、見てください」

王子は鏡を覗き込んで花弁がついていることに気付くと、むっと口を尖らせた。

「言ってくれればいいのに」

頭を振って豪快に花を落とすと、今度は彼が悪戯っ子のような笑みを浮かべた。

ほら、と手鏡を私の方に向ける。

鏡には花びらを髪にいっぱいつけ、不思議そうな顔をした私が映っていた。

「言ってください！」

「仕返しだよ」

慌てて乱れた髪を整える。花弁を取るのを手伝ってくれた王子の指がそっと私の髪に触れた。そのまま、輪郭をなぞるように頰に手が添えられて、くすぐったさに首を竦める。

「ねえ、ベルに触れてもいい？」

光を反射し、水面のように潤む瞳と視線が交わり、ドキリと心臓が跳ねた。

「も、もう触れてるじゃないですか」

赤くなった顔を隠すように目をそらし、かろうじて言葉を返した私に王子が顔を近づける。ぎょっとするほど至近距離だった。

「違うよ、触れるっていうのはね、こういうこと」

王子の顔がどんどん近づいてきて、逃げることも抵抗することもできないまま固く目を瞑った。睫毛が重なるほど近い。ちゅっと可愛らしい音がして、頬にキスをされたのだと分かるとどうしようもなく恥ずかしくなった。

「どうしたの、ベル。顔が真っ赤だよ」

「どうしたもこうしたも、殿下が急にキ、スなんてするから……！」

確信犯である王子は赤面する私をからかうように笑う。恥ずかしさの後はしてやられたことへの悔しさがじわじわと沸き起こってきた。

「こんなので恥ずかしがってたら、これから大変だよ？」

「こ、これから……？」

「俺たちは婚約してるんだから、これくらい挨拶みたいなもんだよ」

「挨拶⁉　頬にキスをすることがですか⁉」

驚いて思わず叫んでしまったが、王子は平然と頷く。

「本当はベルの家に来た時と帰る時にするべきことなんだ。知らなかった？」

「知らなかったです……」

今まで聞いたこともないし、指摘されたこともなかった。でも、ほっぺにちゅーくらいなら、そういう挨拶をする文化圏もあるわけだしおかしいことではない……のか？

じっと考え込んだ私を呼ぶように王子がドレスの裾を引っ張った。仕草の一つ一つが信じられないくらい可愛いんだけど。

「ほら、だからベルも俺にキスして」

「今ですか⁉」

「これからのための練習だと思って、ね？」

自分の頬を指差しながら、キスを強請る王子に私が敵うはずがない。こんな可愛らしいおねだりを断れる方がどうかしている。

意を決して、王子の要望に応えるべくぎゅっと目を瞑って頬にキスをする。掠るくらいのささやかなものだし、羞恥心からみっともないほど震えていたはずなのに、王子はからかったりしなかった。

目を開けた先には、甘く優しい眼差しで私を見つめる王子がほんのり頬を染めていた。

第二章　出会い

かの『お友達大作戦』からあっという間に月日は流れ、気が付けば半年も経っていた。初めは王子の頭の良さや甘い美貌に翻弄されていたが、半年も経てば慣れが出るようで、今では緊張することなく会話ができるまで成長した。

ここまで仲良くなれたのは、あの日思いきって『お友達大作戦』を決行したからだし、想像するよりずっと王子が甘えん坊だったためである。前世の弟の幼い頃を思い出して心がほっこりしたのはここだけの秘密だ。

王子と仲良くなれた今、次の段階に進む時が来た。ずっと気になっていた、王子の側近についてである。

ダークブルーの髪に赤黒い瞳を持つ眼鏡の美少年。名はシュヴァルツ・リーツィオ。王子とはまた違った美貌の人物で、無表情で寡黙な彼は王子の唯一の側近である。いつも影のように王子に寄り添い、必要以上に私たちに接触してくることはなく、その存在は謎に包まれている。

忍者《にんじゃ》かと思うくらい気配を消すことが上手《うま》くて、時々彼の存在を忘れてしまうほどだ。

主である王子と話しているところすら見たことがないので、私は密《ひそ》かに彼を警戒《けいかい》していた。

もしかしたら、王太子《おうたいし》の命令で王子を見張っているのかもしれない、というのが私の予想。

王宮では王子と仲良くなると王太子の妨害《ぼうがい》が入ると聞くから、王子とシュヴァルツの不仲は可能性として一番ありそうだった。

「ベル？　ぼーっとしてどうしたの？」

考えごとに夢中になっていたせいか、王子が顔を覗《のぞ》き込んだのに反応が遅《おく》れた。驚《おどろ》いて身を引くと、王子は不満そうに頰《ほお》を膨《ふく》らませる。

「俺と一緒《いっしょ》にいるんだから、ちゃんと俺を見てよ」

「すみません、実は昨日よく眠《ねむ》れていなくて……」

咄嗟《とっさ》に出た言い訳に、王子はきょとんとしてから心配そうに眉尻《まゆじり》を下げた。

「大丈夫《だいじょうぶ》？　具合悪いの？」

「大丈夫です。寝《ね》つきが悪かっただけですから」

「ならいいけど……」

それ以上聞くことをやめた王子は手元のカードに視線を戻《もど》す。

王子がより楽しく遊べるように試行錯誤《しこうさくご》した結果、トランプを職人さんに作ってもらうことになった。硬いプラスチックのような素材に華やかな絵が踊るように描かれている。

トランプなんて一通り遊べば飽きてしまうと思っていたが、王子は我が家を訪れたら一回は必ずトランプをしたがった。「俺とベルだけのゲームだもんね」と嬉しそうに言った王子を無下にすることなんてできず、私はいつも負けて終わる。

今日も今日とて王道のババ抜きをしているが、私はここ最近、王子の側近をどう探ろうか悩んでいるため気持ちが入らない。もっと情報が欲しいと思ったところで、王子と目が合う。王子は不思議そうに首を傾げたが、私はひらめくものを感じた。

「あの、殿下。伺いたいことがあるのですが」

「え？　なに、どうしたの？」

「殿下の、側近の方のことです」

「シュヴァルツのことかな。シュヴァルツがどうかした？」

どう切り出そうか思案したのは一瞬で、誤魔化しはやめようとすぐに王子をまっすぐ見つめた。

「その、あまり殿下とお話しにならないので、どんな方なのだろうと思って」

「まさか、シュヴァルツが気になってるの？」

「違います！」

険のある声色に驚いて慌てて否定した。

「ただ、主である殿下との関わりがあまりにも希薄な気がして……」

歯切れの悪い私を、王子はじっと見る。真顔でこちらを見るものだから、怒らせたかと冷や汗が滲んだ。

「……申し訳ありません、差し出がましいですよね」

言葉を間違えたかと謝ると、王子はふるふると首を横に振った。そして、私を安心させるかのように自然な仕草で私の頬に触れた。以前だったら委縮していたこの距離感も、半年経った今では違和感なく受け入れられる。

「なんで？ シュヴァルツと上手くいっていないと思って、俺のこと心配してくれたんでしょ？」

ベルが俺のことを考えてくれたのが嬉しい、とはにかんだ王子に年相応の幼さを感じて、胸が切なくなった。シュヴァルツがどんな人物であろうと、私は王子の味方だ。

本格的にシュヴァルツの対策を始めようとひっそり心に決めた。

天気の良い昼下がり、ニコニコと微笑みながらも目は全く笑っていない王子に、私はとんでもないミスを犯したのではないかと内心気が気じゃない。

ゆったりと頬杖をついた王子が目の前の少年を睨みつけた。

「どうしてここにシュヴァルツがいるのかなぁ？」

いつもであればこの空間にはいないはずの人物が、居心地悪そうに身じろぎする。私は慌てて身を乗り出し名乗り出た。

「あの、私が呼びました！」

小さく挙手すると王子は私を鋭く睨む。いつもは優しく微笑んでくれるその瞳に睨まれるなど心臓に悪すぎる。

威嚇するような刺々しい声色で、王子は私を問い詰めた。

「ここは俺とベルの秘密基地じゃなかったの？」

「そ、それはそうなのですが……」

「ベルティーア様、せっかくのお誘いですが私は遠慮しておきます」

いつもなら、いるはずのない人物——王子の側近であるシュヴァルツは感情の分からない無表情のまま、立ち上がった。ここに来て、初めて彼の声を聞いたかもしれない。

シュヴァルツを探るためにはどうしても彼の人となりを理解するしかないのだが、どう見ても聞いたところで素直に応じてくれそうな感じではない。

絆を深めるなら一緒に過ごすのが一番だという安直な考えのもと、こうしてシュヴァルツを招いたが、やはり強引すぎたかもしれない。

王子が席を外した一瞬の隙をついて外に控えていたシュヴァルツをダメ元で誘ってみたら、意外にもゲームに参加してくれることになったのだ。誘った手前、今さら追い出すことなどできないのだが……悪手だったと後悔するしかない。王子はシュヴァルツを見て不満を抑えきれないようで、口を尖らせて拗ねたようにそっぽを向く。

「別に、いなくなれって意味じゃないし」

「じゃあ、睨むのはやめてくれませんかね」

王子がぶっきらぼうにそう告げると、シュヴァルツは困ったように笑って肩を竦めた。側近であるにもかかわらずシュヴァルツは王子とかなり砕けた話し方をしている。思ったよりも仲が悪いわけではなさそうだ。

口も利きたくないレベルの仲の悪さを想像していただけに拍子抜けする。

もしかして、私が一人で勘違いして無駄な気を利かせているだけ……？　なにそれ、めちゃくちゃ恥ずかしい。

視線を泳がせながらも、せっかくだしと気持ちを切り替えるように咳払いをする。

「ええっと、ここは王道のババ抜きで……」

「だいたい、ベルが悪いんだよ」

立ち去ろうとしたシュヴァルツを無理やり座らせた王子が、不機嫌そうに私を睨んだ。

王子の怒りの矛先がいきなりこちらに向くので驚いて肩を揺らす。

余計な世話を焼いた自覚があるだけに何も言い返すことができずしどろもどろだ。そんな私を見た王子は不機嫌オーラを隠しもせずにっこり笑った。笑顔で威圧するの、本当にやめてくれませんかね。怖いから。

「俺がこの場所を気に入ってるの、ベルは知ってるはずだよね？　俺とベルだけの秘密の場所だって言ったのはベルだよ。俺を裏切るの？」

「え、ここってお二人の愛の巣的なあれですか」

「そういう意味じゃありません」

シュヴァルツが大変な誤解をしているようなので、間髪入れずに私は口を挟んだ。

それに対して王子がますます機嫌を損ねる。

「あまり歓迎されていないようですし、私はいつもの場所で待機していますね」

そう言ったシュヴァルツは再び立ち上がって私たちに背を向けた。

私が誘ったため、はいそうですかと言うわけにもいかず、あわあわと戸惑った声を上げることしかできない。

助けを求めるように王子を見ると、微動だにしなかった金髪がふわりと揺れた。自分で蒔いた種のくせに最後は王子に頼るなど情けなさすぎる。

「シュヴァルツ」

シュヴァルツにとってやっぱり王子は主なわけで。王子が名前を呼べばピタリと歩くのを止めた。主の話に耳を傾けるようにくるりと体を反転させ王子と向き合う。

「俺たちの秘密基地を知ってしまったのは仕方のないことだ。お前の意思じゃないしな」

ちらりと王子に横目で見られて思わず縮こまった。

「それに俺はお前には怒っていない。俺は、ベルに、怒っているんだ」

私の軽率な態度が王子の癪に障ったようで、小さくなって項垂れる。そんなに怒る必要ある？　と首を傾げたいところではあるけれど。言ったが最後、王子の機嫌が最底辺を行くのは目に見えている。

「私が、軽率でした。ごめんなさい」

「何が悪かったか分かってる？」

「ええっと……シュヴァルツ様に秘密基地を教えたことですかね？」

首を傾げながらそう答えるも、王子の機嫌は良くならない。

「……シュヴァルツ様って名前呼びなのもむかつく」

機嫌の直らない王子を困った顔で見つめていたら、王子がふと目をそらして下を向く。

綺麗な髪を軽く掻きながら机に伏した。

「ごめん……シュヴァルツもベルも悪くない。俺が勝手に嫉妬してるだけ」

小さな声で、本当にか細い声で王子が言った。

嫉妬？　え、嫉妬してるの？

王子は言いにくそうにこちらを窺いながらそっと呟いた。

「だってベルは……俺の、親友、なんだろ……？」

そう言って赤くなった顔を隠すように自分の腕に埋めた。王子の言葉は少し遠くにいたシュヴァルツにもばっちり聞こえていたようで、眼鏡の奥の瞳が驚愕の色を浮かべている。

「ディラン様、一体なにがあったんです？　貴方らしくもない」

「っ、うるさいなあ」

王子は顔を赤くしたまま悪態をつく。私はもうなんかいろいろとたまらなくなって、思い切り机から身を乗り出し大声で宣言した。自分の勘違いなんか頭の中からはすっとんでいて、王子が可愛いとしか思わなかった。

「そうですよね！　私たち、親友、ですからね！」

私が思い切り微笑むと、王子は照れくさそうにそっぽを向きながらも小さく頷いた。

そんな私たちのやり取りを傍観していたシュヴァルツは、無言で椅子に座った。

「……では、ディラン様の寛大なお心に甘えて、今日だけご一緒させてもらいます」

無表情のまま、シュヴァルツは王子を見る。

「ディラン様、ご安心ください、明日にはお二人の愛の巣に戻っていますから大丈夫です」

「愛の巣じゃありません！」

即答した私を無視して今度は王子が口を開く。

「へぇ、愛の巣か。いいこと言うね。ねぇベルはどんな家が欲しい？　俺はゆったりしたところでベルと住みたいなぁ」

いつもの調子を取り戻した王子にほっとしながらも、頬杖をつきながらうっとりと笑う様子にただならないものを感じて内心身震いした。目が、なんか目が怖い。

「私たちは親友なのでは？」

「うん。親友であり婚約者でしょ？　好きな人と一緒に暮らせる俺は本当に幸運だよね」

王子の言う「好き」に、友愛の意味しか含まれていないことはわかっている。

ヒロインが現れるまでの代役としては大変満足な解答だけれど、婚約やら結婚やらの話は恋愛的な意味で好きな人とするものだと思っていたので、まるで当然のことのように語る王子に少々違和感があった。

「あ、クリルヴェル領はどうですか？　王都の外れですが、自然が豊かでいいところですよ」

「うーん、確かにあそこはいいところだけど王都から遠いしね。仕事できないよ」

「あの、そろそろトランプしませんか？」

未来という私にとっては不確定すぎる話題を振り切るように会話を遮ると、二人の視線が私に向けられた。

「ベルはどこがいい？」

「まだ先の話ですから、よく分かりませんよ」

そっか残念、と微笑んだ王子は、だが食い下がるように言葉を重ねた。

「でもいつか一緒に住むことになるんだから、考えておくんだよ？」

「はい。分かりました」

「ベルは俺と結婚するんだから」

「本当に好きになった方と結婚された方がよろしいのでは？」

思わずそう訊いてみれば、王子は驚いたように目を見開いた。

「俺はベルのことが好きだよ？」

「いや、そうではなく……」

「無駄ですよ。ディラン様は愛だとか恋だとかそういう感情を理解できないですし、そもそも貴族の婚姻に純愛など求められていません。考えるだけ無駄というものです」

シュヴァルツは興味なさげに机の上に放置されたトランプをいじりながら口を開いた。

その表情が若干暗く見えるのは気のせいだろうか。

シュヴァルツとは対照的に王子は不自然なほど笑みを崩さず、シュヴァルツの言葉を否定も肯定もしなかった。

これ以上この話を掘り下げる必要もないので、私はようやくといった面持ちでトランプを手に取った。

右、左、右と惑わす仕草をしても寡黙な美少年の表情筋が動くことはない。というか、ババ抜きでよくやるこの揺さぶり作戦に果たして効果はあるのか。

すでに手持ちのカードがない王子は楽しそうに私たちの一騎討ちを見ていた。

「どっちでもいいので早く引きませんか?」

面倒くさそうな声を出すシュヴァルツをちらりと見ると、無機質な瞳と目が合う。

私、一応王子の婚約者なんだけど……。

不躾な態度にシュヴァルツを半目で睨みつけるが、当人はどこ吹く風で気にも留めていない。

「少しくらい表情を変化させてから言ってください」

「確率は同じです」

「うう……。じゃあこっち!」

勢いよく引いたカードに描かれているのはバカにしたように笑うピエロ。がっくりと肩を落とすと、左手前にいた王子が爆笑していた。シュヴァルツが無表情なのがさらに辛い。

「じゃあ、次は私の番ですね」

負けるものかと背中に隠しながら二枚のカードを混ぜ、シュヴァルツの目の前に出した瞬間(しゅんかん)、迷わず引かれた。

「あ、私の勝ちです」

あまりの早業(はやわざ)にシュヴァルツの手の中にある二枚のカードと私の手元にあるピエロを交互(こうご)に見る。

「また負けた⁉」

「弱いですね」

「シュヴァルツが強いんじゃない？」

シュヴァルツが強いとか言ってる王子も十分強いですからね。

睨むように二人を見たが、フイッと目をそらされた。

「次は違うのにしましょう！　ババ抜きじゃ勝てません！」

「あ、ようやく諦(あきら)めた？　ベルの負けず嫌(ぎら)いは見てて面白(おもしろ)いよね」

負けに負けまくった私に何度も付き合わされた男の子二人は、さすがにもう飽きたらしく、新しいゲームと言うとキラキラと目を輝(かがや)かせた。

もちろん、輝いたように見えただけであって王子は変わらず爽(さわ)やか笑顔だし、シュヴァルツも無表情だが。トランプに飽きたとは言わせない。

「にしても、ベルはすごいよね。こんなに凝(こ)ったゲームを思いつくなんて」

ギクリと肩が揺れた。

シュヴァルツも王子の言葉に同意するように頷く。

内心冷や汗をかく私に何かを感じたのか、王子の視線が刺さっている気がする。気のせいだ。多分。

普通に考えたら九歳の女の子がこんなゲームを考えつくわけがない。どんな天才だって話だ。

笑って誤魔化そうと顔を上げたら王子と目が合った。王子はすぅっと目を細める。

「これ、本当にベルが考えたの？」

「え、ええええっと……」

「あ、違うんですね。そんなことだろうと思いました」

失礼なことを平然と言いやがるシュヴァルツは無視することにしよう。

「そ、そうなんです。実は私が思いついたものじゃなくて、教えてもらったものなんです」

「教えてもらったの？　誰に？」

「お……お父様です」

口をついて出た嘘にお父様を利用してしまった。ごめんなさい、お父様。

「お父様が他国へお仕事で行かれた時に、この遊びを知ったそうで」

王子はまだ問い詰めたそうにしている。

「なるほど」

この説明でシュヴァルツは納得したようだけど、王子はまだ問い詰めたそうにしている。

変なとこつかれたら王子相手に弁解できる気がしない……。

いまだに私を見つめる王子を不思議そうにシュヴァルツが見た。やがて盛大なため息をついた王子は諦めたのか私から視線をそらした。

「まあ、いいや。じゃあベル。その外国のゲーム、ほかのも教えてよ」

「え、ああ、はい！　今度は大富豪をしませんか？」

「「大富豪？」」

ゲームの名前を聞いた途端、二人はきょとんとした後、声を揃えて復唱した。

可愛い……！　と叫ぶ心をそっと隠して私は二人に微笑みかける。

「金を賭けるの？」

「そんなブラックな遊びじゃないです！」

大富豪はババ抜きとは全然違うゲームだ。この二人ならすぐにルールを飲み込めるだろうが……。一つ息を吐いて、私は二人に大富豪の説明をすることにした。

開始してから早五分。

「え、このカードって今出して良いの？」

「どうぞ、どうぞ」

「じゃあ私はジョーカーを出します」

「うふふ、どうぞ、どうぞ」

にっこり……いや、にやりと笑った私を二人は不審そうにちらりと見たが、私はしれっと自分の手元に視線を落とす。

平静を装いながらも内心では高笑いをしていた。

この序盤の段階でジョーカーを出すとは！

心の中で嘲笑いながら私は着実にカードを減らしていく。私のルール説明がちょっと意地悪だったのは認める。こうした方がいいよ、とか、ああしたら？　なんて言うほど私は甘くない。

二人がルールを完全に把握できていない今がチャンスだ！

「うふふふ」

「あ、終わった」

「え⁉」

王子の方を勢いよく見ると、手元のカードがなくなり嬉しそうに手をヒラヒラと振っている。

「な、なぜ……！」

「ベルの絶望的な顔ってすごく可愛いよね」

「うわぁ……ディラン様、めっちゃ楽しんでますね……」

私の悔しがる顔ってそんなに面白いのだろうか。

シュヴァルツはドン引いたように王子を見るけれど、王子はただ楽しそうに肩を揺らしただけだった。

「まだ、まだ負けてない……！」

シュヴァルツの手持ちは五枚。

王子があがりで、次はシュヴァルツから始めることになる。私は最後まで取っておいたハートの二を握りしめた。

「同時に四枚出すのはありですか？」

「えっ？　四枚？」

「十のカードが四枚あるので、出してもいいですか？」

呆然と頷くと、シュヴァルツは十のカードを四枚出して私の手元に残る一枚のカードを一瞥した。あっさりと上がったシュヴァルツは相変わらず無表情のままだ。

恐る恐る視線をずらすと、まるでこの結末が分かっていたかのように王子が愉快そうに微笑んでいる。

紙くず同然のハートの二を恨めしげに睨んだ。

「もう私って勝てない運命なんですかね？」

「うーん、運がないだけじゃない？」

「それ、慰めてます？」

胡乱な目を向ける気力もなくて、ため息を溢す。

「私が教えたゲームだったのに……」

一度も勝てないってどういうことだろう。七並べも神経衰弱もしてみたのに勝てない。

神経衰弱は確かに無理だと思ってたけど。

「ほかの人とやってみようかな……」

「だめ」

ぽつりと独り言のように呟いたつもりだったのだが、王子に聞こえてしまっていたらしい。言葉を被せるように否定されて驚いた。

「だってお二人とやっても勝てないんですもの」

「じゃあ勝てるまで付き合ってあげるからほかの人としてはだめ」

そこで、私が勝てるように手を抜いてくれるとかはないらしい。とにかく経験を積めと。

「でも、お父様相手なら勝てるかもしれませんし」

そう言うと、王子は釘を刺すように言った。

「家族と俺ら以外とは遊んじゃだめだよ」

「そもそも遊んでくれる友達がおりません……」

「ならいいや」

なにも良くないのですが⁉

満足そうに頷いた王子をじとりと睨む。

「あ、シュヴァルツ様はもうお友達ですよね？」

さっとシュヴァルツに笑顔を向けると、シュヴァルツは眉間にシワを寄せて嫌悪感をあらわにした。

「そんな嫌そうな顔をしなくても……」

「嫌だとは一言も言っていないです。ただ、不思議な方だなぁ、と」

これは褒められているのだろうか。それとも貶されているのだろうか。

私からすれば不思議なのはシュヴァルツの方だが。今日会話しただけでも随分と印象が変わった。

感情の読めない人なのは今も変わらないが、王子と話す時は楽しそうで、本人が気付いているのかは不明だが若干口角が上がっている。

そんなシュヴァルツの様子に、王子を主と認めていないだとか不仲だとかいう疑念はなくなった。シュヴァルツについて詳しく知れたわけではないけれど、彼が王子に向ける感情が負のものでないことは理解できた。それだけで、十分だ。

王宮で王子が気軽に話せる人間がいることにほっとして、体の力が抜ける。

「……でも、楽しかったですよ」

ふいに眼鏡の奥の瞳と目が合った。

「誰かとカードゲームをするなんて初めてでしたし」

相変わらず無表情だけど、その嬉しそうな感じはなんとなく伝わった。王子も笑顔を引っ込めてじっとシュヴァルツを見つめる。

「……じゃあ、また遊べばいい」

「え？」

唐突に口を開いた王子にシュヴァルツが反応する。

「秘密基地はバレてしまったんだし、遊びは人数が多い方が楽しい。だよね、ベル」

「そうですね！　またいつでもいらしてください」

「側近も休みが必要だろう？」

ふんわりと柔らかく微笑んだ王子と私にシュヴァルツは一瞬目を見開いた後、それはもう、嬉しそうに、心からの笑顔を浮かべた。

部屋の中央にあるソファーに座って辺りをぐるりと見渡してみると、天井につきそう

なほど高い本棚と、目の前の机に積まれた分厚い本が目に入った。

初めて見るお父様の書斎がなんだか落ち着かなくて、そわそわとドレスの裾を握る。しばらくするとようやくお父様が現れた。

「いきなり呼び出したりして、ごめんね」

そう言いながら入ってきたのは、灰色の髪と瞳を持つ、ややたれ目気味な背の高い男性。私の今世の父である。

「いいえ、それであの、お話というのは？」

お父様に呼び出されることは初めてだった。悪い行いをした記憶もないし、どうして呼び出されているのか分からない。

なんとなく怖くて、恐る恐る尋ねるとお父様は人好きのしそうな笑顔を浮かべる。

「怖がらなくて大丈夫だよ。ベルを叱ったりなんかしないさ」

お父様は私を落ち着かせるようにそっと頭を撫でてくれた。手のひらからは温かな愛情を感じ取れるのに、親の愛情というものに慣れていない私はもじもじと俯いてしまう。

貴族の親子関係は本来希薄なものだが、今世の私の両親は違った。いつも、優しく厳しく、私に関わろうとしてくれる。前世を思い出すまでは当たり前に両親の愛情を受け入れていたのに、今はすごく照れくさい。

前世の弟たちと同じで、結局私も親が恋しかったのだと、生まれ変わってようやく気付いた。

撫でている手を止めて、お父様は困ったように眉尻を下げる。

「少し言いにくい話になるんだけれど」

言いにくい話？　その前置きの後には悪い話が続くにきまっている。

思い切り顔をしかめると、お父様は笑みを深めて言った。

「ベル、君は確か兄弟が欲しいと言っていたね？」

「はい。言いました。随分昔の話ですけれど」

王子と出会う前は、退屈で退屈で仕方なかったから、とにかく遊び相手が欲しかった。

そのため何回かお父様とお母様に兄弟が欲しいとお願いしたことがある。

「それがどうかしましたか？」

「私も子どもがもう二、三人は欲しかったんだけどね。シリィは体が弱いから難しいんだ」

シリィとは、お母様のことだ。確かにお母様は体が弱い。病を患っているわけではないが、お産は体に大きな負担がかかるため医者に止められている。

しかし儚げな印象とは対照的に、お母様はマジで怖い。王子の婚約者に選ばれるために私をしごいたのもお母様である。あれは鬼の権化だ。

ぶっちゃけ病気とかにも普通に打ち勝てそうだと思うけどなあ……。

夫婦仲(ふうふなか)が最高にいいので、お父様はお母様に無理をさせたくないのだろう。もちろん私もお母様には元気でいてほしい。

「ベルもお嫁(よめ)に行くだろう？　そうしたらタイバス家は私の代で終わってしまう。私にも兄弟がいないからね」

「言われてみればそうですね……。でしたら、どうなさるおつもりなんですか？」

「そう、そうなんだよ」

お父様はわざとらしく嘆(なげ)くように手を額に当てた。

チラチラと私を窺(うかが)うように横目で見るけれど、図体(ずうたい)のデカイおっさんがしてもさほど可愛くない仕草だ。

「言いたいことがあるのなら遠慮なく言ってください」

痺(しび)れを切らしたのは私の方で、今もなお横目でチラ見してくるお父様が鬱陶(うっとう)しい。だが、その言葉を待ってましたと言わんばかりにお父様はぱっと顔を上げる。

「実はね、養子をとることにしたんだ」

「……養子？」

お父様の言葉を理解するのに数秒かかった。

「そう。遠い分家の子なんだけど。あ、もちろん男の子だよ」

仲良くできる？　とお父様が私に尋ねた。

私が王家に嫁ぐ（予定である）以上、養子の件について私が口を挟むことはできない。

私が将来当主になってもいいんだけど……。王子に婚約破棄された令嬢が当主なんて、
逆にタイバス家を潰しかねない。

だったらこの先も我が家が生き残るためには次期当主が必要だ。

「もちろんです、お父様。次期当主になっていただくのですもの。仲良くいたします」

「そうか、良かった。これから一緒に住むことになるからね」

お父様は安心したようにほっと胸を撫で下ろした。

「その方は私の弟、ということになるんですか？」

「そうだね。一つ下でとても可愛い男の子だよ」

今世でも弟。それも一つ下。

前世の弟と全く同じじゃないか。

頭に浮かぶのは金髪で目付きの悪いヤンキーである。

とりあえず、「お姉様ー！」って言いながら私の後ろをついてきてくれるような可愛い
弟がいい。もう生意気なガキの面倒は前世でたくさんしたから十分でしょ。

「一か月後くらいにうちに来る予定だから、一緒にお出迎えしてくれるかい？」

「はい！　もちろんです。楽しみにしています！」

興奮で頬を紅潮させながら、私はお父様の部屋をあとにした。

いつも通り、私の手に残るのはジョーカー。

「うふふ」

「負けたのに嬉しそうだね？」

今日も今日とて負けたというのに、私は頬をゆるゆると緩ませていた。

王子がむっと眉を寄せる。

「ベルが悔しがってくれないと全然面白くないんだけど」

「殿下は私のことをなんだと思っているんですか」

「あの、もうトランプやめませんか？ 飽きました」

シュヴァルツにもひどい言われようだけど、今日は許してやろう。私の機嫌がいいからね！

鼻歌混じりにトランプを片付ける。箱に入れたところで、二人とばっちり目が合った。

「なんですか？」

「なんか、今日のベル、変だよ。悪い意味で」

「え、悪い意味ってどこがですか？」

「ずーっとにやにやしてるし」

「うっ」

慌てて手で顔を隠す。

私、そんなに変な顔してた？　確かにさっきからシュヴァルツの冷ややかな目線が気になってはいたけど。やばい。恥ずかしい。

みるみるうちに顔に熱が集まって赤くなる。ちらりと王子を見ると、満足そうに笑っていた。

この人、本当に私のことからかうの好きだよね……。

「で？　そんなに顔がゆるゆるになるほど嬉しいことでもあったの？」

「そうなんです！」

羞恥心を霧散させる勢いで私は椅子から立ち上がった。王子もシュヴァルツも引いたように身を退く。が、気にせず続けた。

「実はですね、私に弟ができるんです」

「弟？」

王子は驚いたようだったが、すぐに優しく微笑んだ。

私を嘲る時とはえらい違いである。

「そっか、タイバス夫人に子どもができたんだね。おめでとう」

「おめでとうございます」

「あ、違います。養子なんです」

なんか、すごい祝福してくれてるけど、違うんだな、これが。

「養子？　ああ、跡継ぎですか？」

「はい」

「へぇ。ちなみに血縁関係は？」

「えっと、お父様の従兄弟の子どもの従兄弟らしいです」

あるかないか分からない血縁で継がせていいのかって思うけど、血縁の近い人たちは自分の子どもを預けようとしなかったらしい。

　タイバス家は歴史が長い分、家族愛が尋常ではないほど強い。先祖からずっと家族で支え合って生きてきた習慣がいまだに残っている。そのため、滅多なことがない限り子どもをよそにはやらない。

　ちなみになぜ私が王族のお見合いに送り出されたのかというと、タイバス家は自分たちより長い歴史を持つ王族には忠誠を尽くしているからである。

　自分より長くその群れにいるボスを敬うみたいな感じだろうか。

「その子が来たらここに連れておいでよ」

「え？」

王子からあり得ない言葉が飛び出した。

王子直々に許可を下した？

彼はここに人を連れてくるのを好まないようなので、拒否されると予想していたんだけど。

「ディラン様、いいのですか？」

シュヴァルツも驚いたように王子を見る。

王子はにっこり微笑した。

「いいよ。だって、義弟とは仲良くならなきゃ」

王子が自分から仲良くなろうとするなんて！　この半年で立派に成長したんだね……。

私と、王子と、シュヴァルツ。新しい弟もきっと仲良くできる。

四人になったらトランプももっと面白くなるだろうな。最下位からの脱出ができるかも。あ、でもここは姉として勝ちを譲るべき？

遠くない未来を思い浮かべて、私は静かに笑った。

あっという間に弟との初対面の日になった。

薔薇の香りが漂う庭に、暖かい陽の光が降り注ぐ。

「ベル……そろそろ落ち着きなよ」

「今日ついに弟が来るんですよ！　落ち着いてなんていられません！」

うろうろとそこら辺を往復しながらそう言うと、王子は何度目か分からないため息をついた。

「ドレスとか変じゃないですよね？」

「……ベルはさ、婚約者である俺の前で変なドレスを着るの？」

「あ……すみません」

またため息をつかれた。

「今日は、シュヴァルツ様はいらっしゃらないんですか？」

王子の鋭い視線が痛すぎて思わず話題を変える。

美しい金髪が光に反射してキラリと輝いた。

「うん。そろそろアイツも仕事を覚えなきゃいけないからね」

最近、シュヴァルツが遊びに来なくなった。初めて遊びに誘ってから、何回か一緒に遊んだが、最近は王子が連れてくることすら減った気がする。

主人である王子に合わせて臣下の仕事も増えていくのだろう。

シュヴァルツは側近っていう重要なポジションだし、大臣の息子らしいから大変さは人一倍だ。

「ベルとももうすぐ、こうやってゆっくり遊べなくなるね」

ちらりと王子を盗み見ると、王子は少し寂しそうに笑っていた。

「……楽しかったですか？」

恐る恐る聞くと私の問いに王子はゆっくり頷く。

「とても。人生で一番楽しい日々だった」

この時、王子は心から笑っていたように思う。きっと本当に楽しいと思ってくれていたのだ。

ヒロインと出逢うまでのつなぎとはいえ、王子の孤独を少しでも和らげられたようでほっと胸を撫で下ろす。私自身も一人で屋敷にいるよりずっと楽しかったし、退屈せずに済んだ。王子とこうして仲良くなれたことには感謝しかない。

「今日まで私の我が儘を聞いてくださってありがとうございます。私も、すごく楽しくて充実した日々でした」

優しい笑顔を浮かべて私にできる最大の感謝を王子に伝える。

王子は少し瞠目した後、呆れたように笑って首を傾げた。

「なにその、これで終わりみたいな言い方。ベルは俺の婚約者なんだから、我が儘なんていつでも聞くのに」

「そう、ですね」

一瞬、ドキリとした。

私は、ずっと王子の婚約者ではいられない。学園に入学すれば、なおさら王子とは一緒にいられなくなる。それでも、彼が幸せになる様子を間近で見ていたいと思うのは、我が儘だろうか。

王子にはヒロインと結婚して、幸せになってもらいたい。彼は幸せになるべき人だ。こうやって私たちと遊ぶだけでは根本的な傷の癒しにはならないのだから。

王子が幸せになった暁には、精一杯祝福しよう。できれば結婚式にも呼んでほしい。ヒロインのブーケトスを私に定めてくれたらなお良し。

「それに、本格的に仕事が始まるまであと数か月はあるよ」

王子の声にハッと我に返った。

「そうですね、それまでいっぱい遊びましょうね！」

一瞬の寂しさを紛らわせるように勢いよく言うと、王子も賛同するように頷いた。

「ベルをいじめるのは楽しいからね」

「いじめるって……」

私が剣呑な視線を送ると、王子はまた笑う。いつものからかうようなものではなく、愛おしむような優しい微笑みだった。

「ベル。俺も君に感謝しているんだ」

王子が私の手をそっと包む。

ビックリして彼を見ると、青い瞳が優しく細められた。

「俺に幸せをくれてありがとう」

王子の手のひらが私の髪をゆるりと撫でる。そしていつものように、そっと頬にキスを落とした。

婚約者として当然の触れ合いだと言われた通り、王子は頻繁にこの触れ方をする。昔のように驚くことはなくなった。これが、王子の最大の愛情表現だと知っているから。

シュヴァルツがいる時は微塵も感じさせないけど、王子は意外と人に触れるのが好きだ。

私も愛情を返すように王子の頬にキスをすれば、くすぐったそうにあどけない笑顔を浮かべる。

「ずっと言えなかったけど、あの日、真剣に向き合ってくれて……本当はすごく嬉しかったんだ」

どうしようもなく、目頭が熱くなる。

今言うこと？　泣かせる気なの？

あの日、王子の孤独を埋めようとしたのは間違っていなかったってことだ。なら私の方こそ、彼に救われている。

前世を持つという、異様さ。未来を知っているという、イレギュラーな存在。本来のベルティーアならしないようなことをした。令嬢として、王族の婚約者としてあり得ないことをたくさんした。こちらこそ、こんな奇異な存在を受け入れてくれてありがとう。

気が付けば、私はぼろぼろ泣いていた。

「ああ、ほら。泣くと目が腫れちゃうよ」

王子は困ったように笑いながら、私の涙を高級そうな服の袖で拭ってくれた。

いつも人をからかうくせに、こういう時優しいんだよなあ、王子は。

やっぱり彼には幸せになってもらいたい。

王子を見送った後、ぶち腫れた目を冷水で冷やす。

「えーっと、今からベルの新しい弟が来るんだけど……。大丈夫？」

「もう少し、もう少し待ってください」

玄関で弟が来るのをお父様と待っているのだが、なかなか腫れが引かない。こんなんじゃ新しい弟に変な印象を持たれてしまう。

王子があんなこと言うから……。

思い出したらまた泣きそうになったので慌てて思考を切り替えた。

「お父様、私の弟の名前を教えてくれますか？」

「名前？　私から聞くよりも本人から直接聞いた方がいいんじゃないかな」

「確かに、そうですね」

二人で話していると、使用人が現れ客人の来訪を告げる。私は素早く氷嚢を侍女に渡し、背筋を伸ばした。

ついに、来る。私の弟が。

「さ、来たようだよ」

お父様の声を合図にしたように、使用人が大きな扉を開くと三人の人が入ってきた。体格の良い女の人に、わりとイケメンな男性と、私より少し背の低い子ども。その子は女性の背後にいて、シルバーグレーの髪がちょこんっと覗く程度しか見えない。

きっとあの子が私の弟。

「お久しぶりです、ジーク当主様。ティレフィア子爵家当主のバハル・ティレフィアと申します」

「ご機嫌麗しゅう、当主様。バハルの妻、メルリと申しますわ。こちらが我が子です」

バハルが美しく頭を垂れ、真っ赤な唇を歪めたメルリが後ろにいた子どもの首根っこを摑んで私たちの前に押し出した。

メルリが少年の肩を強く押すので、彼が少しよろける。子どもに対する扱いが酷い。

ちらりとお父様を見ると、お父様もそう感じたらしく、思い切り顔をしかめていた。私たち本家に言わせてみれば、自分の子をそんな風に扱うなんてあり得ない。

眉を寄せつつも子どもに目を向けると、私は雷に打たれるような衝撃を受けた。

キラキラと光る、癖のあるシルバーグレーの髪。くりっと大きな青みがかった瞳。白い肌に桜色の頬と小さな赤い唇がよく映える。

王子とはまた違う美しさを持つ美少年だった。

王子は美しくて儚くてどこか影のある感じだけど、この子は圧倒的に可愛いという言葉が似合う。二人とも大きな瞳に白い肌を持っているのに、こんなに違いを感じるのは彼の幼さゆえか。

じっと黙り込んだ少年は、メルリに小突かれて渋々膝を折り曲げた。

「初めまして。おれ……じゃない。私はウィルと申します。これからよろしくお願いします」

可愛いウィルは挨拶も可愛かった。

これはぜひとも、お姉様と呼んでもらいたい。

「うふふ、では、私たちはこれで失礼しますわ。ウィル。無礼を働くんじゃないわよ。帰ってきたら承知しないからね」

メルリは化粧を塗ったくった顔を歪めて、ウィルを鋭い眼光で睨んだ。

「メルリ。言葉に気を付けろ。失礼します、当主様」

そしてバハルも適当にメルリを叱って我が家を出ていった。

お父様は黙って笑っていたが、なかなか黒いオーラを出していらっしゃる……。

「ウィルはね、彼らの実の子どもではないんだ」

「え？」

「バハルが娼婦に産ませた子だよ。跡継ぎがいなかったから産ませたらしいけど、その後にティレフィア家には長男ができたからね」

「用済みってことですか……」

「そんなところだ」

お父様はひそひそと私に耳打ちをして、仲良くしてくれ、と言い残しウィルに向き直る。

「ウィル、ようこそタイバス家へ。私たちはこれから家族だ。仲良くしよう、と言ってもすぐには受け入れられないよね。そうだなあ……」

お父様は私の肩を抱いて、ウィルと向き合わせる。

「まずはこの子と仲良くしないかい？　私の娘なんだけど……」

「お父様、私、自分で言いますわ」

少しだけ非難めいた口調で言うと、お父様は笑いながら肩を竦めた。

「そうだね。ごめんごめん。あ、もうこんな時間か。もっと話したかったんだけど私は仕事があるからここで失礼するね。じゃあ、ウィル、ベル、今夜の晩餐で会おう」

お父様は時計を見ると申し訳なさそうに目尻を下げ、颯爽と踵を返した。

残されたのは私と、ウィルだけ。

何とも気まずい空気が流れる。なんだろう。このいたたまれなさ。

「えっと……ウィルと呼んでいいかしら？　私はベルティーア。今日から貴方の姉になるのよ。そうね、できればお姉様と呼んでほしいわ」

怖がらせないように微笑むと、黙り込んでいたウィルがちらりとこちらを窺うように見た。目が合ったので、笑みを深めるようににっこり笑う。

ウィルは私を頭のてっぺんから足の先まで無遠慮に眺めた後、可愛らしい顔をものすごく歪めてふっと鼻で嗤った。

……ん？　嗤った？

「なんだ、このちんちくりん」

可愛らしい口からとんでもない暴言が吐き出された。

今なんて言った？　いや、今、なんて言われた？

可愛い可愛い私の弟の口からとんでもない言葉が飛び出た気がしたんだけど。あれ？

幻聴？

完全にフリーズした私を、ウィルがまた鼻で嗤う。

「どーせおれのこと内心見下してるんだろ。娼婦の子だって！」

ウィルはバカにしたように、蔑んだ視線を私に向けた。

私、何か悪いことした？　むしろ私を見下しているのはウィルの方では？

「え……っと、ウィル、私が何かしたかしら？　娼婦の子だなんて思っていないわ」

「その口調うぜぇ」

腕を組んだウィルは、私よりも背は低いのに異常な威圧感があった。

ウィル、お姉ちゃん泣きそうだよ。

私は本当に兄弟運がないようだ。さっきまでは可愛い男の子だったのに内側にこんなひん曲がった性格を隠していたなんて。

ウィルはあの夫婦の子どもじゃないから、きっとまともな教育も受けていないんだろう。口が悪すぎる。ちらりとウィルを見ると、ウィルは下手くそな笑みを浮かべていた。

「なに、怒った？　おれをあの夫婦のところに返せば？　いいぜ別に。あんたと馴れ合う気はねぇし」

そう吐き捨てた彼に、私はストンッと表情をなくした。

「だいたい……」

「お黙りなさい」

まだ文句を続けようとするウィルの言葉を鋭い声で遮る。ウィルは一瞬怯んだようだていますから。

ったけど、すぐに眉を寄せて、あ？　と私を睨んだ。

完全にヤンキーである。言っておくけど、私、ヤンキーの扱いには長けていると自負していますから。

「ウィル・タイバス。よく聞きなさい。貴方は今日からタイバス家の次期当主で、私たちの家族です。私の父は貴方の父で、私の母は貴方の母でもあります」

ウィルに負けないほど鋭く睨むと、ウィルは一歩たじろいだ。

こんなお子ちゃまヤンキーなんて怖くもなんともない。

「いいですか。ベルティーア・タイバスは貴方の姉です。お姉様です。分かったら、言葉遣いには気を付けなさい」

してやったりとにやりと笑う。きっと私は今までで一番悪役令嬢らしい表情をしているだろう。ウィルは俯いて、プルプル肩を震わせていた。

あら？　泣かせちゃったかしら？

このくらいで泣くなんて、と内心せせら笑っていると、ウィルが勢いよく顔を上げた。

瞳に涙は浮かんでいない。ただひたすら怒っていた。

その凄まじい怒気に、さすがに驚いて思わず一歩下がる。

「あんた、何なの？　マジでうざいんだけど」

ウィルは思い切り舌打ちをして、近くにいた使用人に自分の部屋を聞き、足早に階段を上っていく。

玄関に取り残された私はポカンと間抜けな顔で口を開くしかなかった。


「――っていうことがあったんです」

ウィルが来てから三日後の午後、私は弟を王子に紹介することができなかった。なぜなら、ウィルは食事の時以外、部屋に籠ってしまっているからだ。

私たち（特に姉）と仲良くなるつもりはないと無言で意思表示をしている。

「それは災難だったね。残念だな、早く俺の義弟に会いたかったのに」

「え、私の弟ですけど？」

自分を指差して王子に抗議するように言うが黙殺された。

「彼はずっと部屋に閉じ籠もってるの？」

「そうなんです。食事とトイレとお風呂以外は全然出てきてくれないんです。一回、お風呂についていったら怒鳴られました」

「は？　ついていった……？　まさか一緒に入る気？」

「いや、そういうつもりはなかったんですけど……」

とりあえず仲良くなりたくて、と言うと王子は眉間を押さえて俯いた。

「本当、ほかの人にそういうことしないでね……。いや、義弟もだめだけど」

お風呂場までついていった私は、ウィルの容赦ない罵倒を受けた。

『キモい。近づくな。変態』

可愛い顔をした弟に全力で罵られた。

もっと悪人面してくれていたらダメージも少なかっただろうに、なんでこんなに可愛らしいんだ。お子ちゃまヤンキーのくせに！

「可愛いんです、本当に！　あの口でお姉様と呼ばれたいんです！　口が悪いのもギャップがあってなんか、もう……！」

暴言を吐かれるのが自分じゃなければ完全にあれは萌えだ。

「ウィルの話、いつまで続くの？　俺すっごく面白くないんだけど」

この話を延々と聞かされている王子はげんなりと頬杖をついた。

そして、しばらく私を睨んだ後、ひらめいたように顔を上げる。

「ねぇ、ウィルに会わせてくれない？」

「部屋から出てきてくれたらですね……」

「大丈夫だよ。ウィルは絶対出てきてくれる」

「え……何か作戦が!?」

こくりと頷いた王子は親指で自分を指す。意味が分からず首を傾げると、王子はふふっと美しく笑った。

ぐっと立てられた親指と麗しいご尊顔が似合わない。

「俺がなんとかしてみせる」

ひょっこりと廊下の壁から顔を出して、王子の様子を窺う。

王子は今、ウィルの部屋の前に立っている。

俺がなんとかするって王子の名を使うってことですか！　さすがです、王子！

そして、その王子の婚約者は一応私なんですけどね！　権力ある方だと思うんですが！

私が行くと引っ込んでしまうかもしれないので、こうやって壁際で待機させてもらっている。

王子は壁に隠れている私を一瞥してから、目の前の扉を叩く。

「初めまして、ウィルくん。僕はディランって言うんだけど。お父様のお話が退屈で、君と遊びたいんだ。ここ、開けてくれないかな？」

おお、王子の社交モードだ。初めて会った時以来かな。

突然の来訪に、ウィルの部屋の扉が恐る恐る開いた。どこかの貴族のご子息かもしれないしね。一体どこの誰かと興味は沸いたようだ。

「えっと……ディラン……様？　あの、一階に姉がいたはずですけど」

姉！　姉って言った⁉

ウィルの姉発言に壁を叩きながら悶えていると、王子の鋭い視線を感じた。

慌てて顔を引きしめる。

「あの？」

「ああ、いや、ごめんね。姉ってあそこにいる彼女のことだろう？」

意趣返しなのか、私が壁に隠れていることを王子がバラした。

なんてことを！

ウィルははっとしたようにこちらを見ると、急いで部屋の扉を閉じようとした。が、王子が足を挟んでそれを阻止する。ガッて鈍い音がしたけど大丈夫？　足の骨折れてない？

「ちょ、放してください！」

「俺、ベルの婚約者なんだ」

「……は？」

一人称を切り替えて、王子はにっこり笑った。

ウィルは王子の切り替えについていけず、目を白黒させる。

「俺の本名、教えてあげようか。ディラン・ヴェルメリオ。この国の第二王子だよ」

王子が不敵に笑うと、ウィルの顔がさっと青くなる。まずいと感じたのか、扉を閉じるのをやめた。

可哀想なほど顔色を悪くして震える声で許しを請う。

「……不敬を、お許しください……」

「大丈夫、大丈夫。そんな硬くならないで。ほら俺はベルの婚約者だし、君の未来の義兄だし……なにより、君と同じだしね」

「同じ……？」

ウィルは興味を引かれたのか、王子を見つめる。

王子はいつものように優しく笑った。

「俺も君と同じで、誰にも必要とされない人間だよ」

「……」

王子がからかうように言うと、ウィルはむっと不機嫌そうに口を結んだ。

「俺は家族に見限られたんだ。まぁ、有名な話だからいつか君も耳にすると思うよ」

王子が微笑みながらも時折寂しそうに目を伏せて話す様子を、ウィルはずっと見つめていた。少し戸惑いながら王子の話に聞き入っている。

「でも、君は俺とは違うだろう？　タイバス家に選ばれたんだ。頼れる父も、優しい母も、ちょっと小うるさい姉もいる。幸せだ。みんな君を受け入れようとしてくれているんだよ。よかったね」

今、聞き捨てならない言葉を拾いました。ちょっと、小うるさい姉ってなんですか。

私の鋭い視線を感じたのか、王子は意地悪そうに私を見た。

あからさまに頬を膨らませるとくすくす笑われる。

「まぁ、君の姉は俺がもらっちゃうけど」

王子は肩を竦めて、ウィルの方を向いた。

ウィルは黙ったまま、瞳に涙を溜めている。瞬きをしたら溢れそうだ。

「だから、手遅れになる前に君も向き合わなきゃ。意地を張ってばかりじゃ何も変わらないよ。大丈夫。この世に救いはある。チャンスは平等なんだ。ウィル、君ならできるよ」

王子は綺麗な手をウィルの頭に乗せて、くしゃくしゃと撫でた。

柔らかそうなシルバーグレーが揺れる度に、ウィルの瞳から涙が落ちる。ウィルは王子に撫でられながら静かに泣いた。


「取り乱してすみませんでした」

鼻を啜ったウィルの瞳は真っ赤だった。

柔らかい客間のソファーに腰をかけてスンスンと鼻を鳴らしている。

「それと、ディラン殿下、ありがとうございました」

これまでのお子ちゃまヤンキーとは思えないほど深く深く頭を下げるウィルに、少し瞠目した。

「殿下なんてやめてよ。そうだなあ。あ、お兄様って呼んでほしいな」

「え……いいんですか？」

「もちろん」

楽しそうに笑う王子にウィルは少し戸惑う。私もえっ、と身を乗り出した。

「あの、えっと……」

「うん？」

「ディ……ディラン兄様……」

モゴモゴと口を動かして恥ずかしそうにウィルが小さく呟く。王子は満足そうに微笑んだ。

待って。私は？

期待するように私も隣からウィルをガン見するけれど、顔を赤くしたウィルは視線から逃れるようにフイッとそっぽを向く。

「ベル、やっぱり嫌われてるんじゃない？」

「ええ！」

がっくりと肩を落として項垂れると、王子は声を上げて笑う。

私は真面目な顔でウィルの方を向き、問い詰めた。

「ウィル、お姉様のこと嫌いなの？　そうなの？」

「……別に」

「じゃあ、どうしてそんなに冷たいの？」

「風呂についてきたから」

「え、あ……」

ウィルにピシャリと言われて、今度は私が口ごもる。

確かにお風呂場までついていくのは度が過ぎていた。嫌われても仕方ないことかもしれない。

「やっぱりベルは面白いね。――あ、そろそろ帰る時間だ」

「え？　もうそんな時間ですか？」

おもむろに王子が立ち上がったので、私も慌てて玄関まで見送る。

最近、帰るのが早い気がする。今までが異常だっただけかもしれないけれど。忙しい中私に会いに来てくれているんだろうな……。

「ディラン兄様、ありがとうございました」

「今度は一緒に遊ぼうね」

「もちろんです！」

王子がウィルの頭を撫でると、ウィルは気持ち良さそうに目を細める。

ウィルを可愛がるのは私の仕事なのに。

むーっと顔をしかめると、王子がこちらを見て笑った。

「ベルもしてほしいの？」

「そっちじゃないです！」

「でも、俺はベルにとっても年上にあたるけど？」

確かにそうだ。王子は私の一歳年上である。

「ほら、おいで」

王子がひょいっと手招きをする。

王子がお兄ちゃんか……。

気恥ずかしさを感じながらもゆっくりと頭を下げると、優しく撫でられた。

「これがお兄ちゃん……」

「ん？　お兄ちゃん呼びもいいね」

王子はそう言って嬉しそうに微笑む。

つられて私も照れたように笑うと、王子の手が私の頬に触れた。その仕草だけで次にされることを察して、王子の方を向く。

ちゅっと軽いリップ音と、「うぇ⁉」というウィルの驚いた声が同時に聞こえた。

「な、なん⁉　えっ？」

「急に大きな声を出してどうしたの？　何か変だったかしら？」

「そんなに驚くこともないだろう？　婚約しているなら、これくらい普通だよ、ね？」

王子が私の方を見て同意を求めてきたので素直に頷く。この触れ合いが婚約者同士の挨拶だと教えてくれたのは王子だけれども。

ウィルは口を開けたり閉じたり忙しない。何かを言おうとして、しかし、ごくりと言葉を飲み込んだ。

「ディラン兄様が言うなら、そうなんでしょう……多分」

ウィルは顔を引き攣らせながら、言葉を捻り出すようにか細く言った。

ウィルの様子にやはり何か変なのではないかと一瞬思ったけれど、袖を引っ張る感覚に意識が引き戻される。

視線を王子に戻すと、甘えたような瞳が私を映していた。

「ほら、ベルも早く」

私も王子の頬に触れ、少し背伸びをしてほっぺにキスをした。最近は挨拶をする間に王子の腕が腰に回されることが多い。そのまま抱きしめられて、体を離される。

これがいつもの私たちの挨拶。

王子は微笑みを浮かべながら、ヒラリと手を振った。

「それじゃあ、ベル、ウィル、またね」

「はい！」

気を取り直したウィルは元気よく返事をし、笑顔で王子を見送る。

しっかり頭を下げて王子が出ていったのを確認してから、私は思い立って玄関の外に出た。

「すぐ戻るわ。殿下に言い忘れたことがあったの」

「え、おい！」

ウィルの制止の声すらも王子の時とは全く違うことに少し悲しくなりながら、王子を追いかけて声をかける。

「あの！　殿下！」

「え？　あれ、ベル？」

私の声を聞いて驚いたように王子が振り向く。馬車に乗る直前だった。ギリギリセーフ。

「殿下、今日はありがとうございました」

少し乱れたドレスを正して深く、深く頭を下げる。ウィルの前ではちょっと話せないことだからここまで追いかけてきたのだ。

「ウィルのことです。あそこまでしていただけるなんて……。本当は姉である私が注意しなければならないことでした」

本当にありがとうございます、ともう一度頭を下げる。

王子は戸惑うように首を傾げた。

「ベル、顔を上げて。俺はなにもしてないよ」

「そんなことないです。ウィルがあんなに嬉しそうに笑ったのも、殿下のおかげです」

真剣にそう言うと、王子は少し笑った。

「俺は部屋を出るように仕向けただけだよ。彼が次期当主になれるかどうかはベル次第だ」

「私ですか？」

「俺はウィルと向き合うことはできないから」

ふと王子の表情が曇った。

「同情は誘えても、ベルみたいにまっすぐぶつかることはできない。彼に本当の愛情をあげられるのは君だけだよ」

「そんなこと」

私の言葉を無視して王子は緩く首を横に振る。

「向き合って本当は怖くて、すごく面倒くさいことなんだ。その人を理解するって簡単なようで実際骨が折れる。ベルはすごいよ」

言ってもらえるほどのことをしたつもりはない。向き合うなんて大層なことをしている自覚はないし、実際に相手を理解しているかどうかも分からない。

ただ、自分に何ができるか考えた時に相手の側に寄り添うことしか浮かばなかった。

私はそれしかできなかったから。今も昔も。

「そんな、言われるほど私はすごくないです」

「ベルって俺より年下だよね？　時々年上なんじゃないかと勘違いしそうになるよ」

ギクッと内心焦るけど、顔はなんとか笑顔を保った。引き攣っていないか心配だ。王子が鋭すぎる。

「いえ、でも、感謝しています」

「うーん、じゃあ、ご褒美をもらおうかな」

「ご褒美？」

きょとんと首を傾げると、王子が爽やかに笑う。嬉しいことがある時の微笑みだ。

「抱きしめて」

「え？」

「ほら、ぎゅってしてほしい」

はい、と両腕を広げる王子に訳が分からず狼狽える。金色の柔らかそうな髪がさらさらと風に揺られた。

王子を抱きしめる……？　私から？

「ほら、早く。最近、覚えることが多くて疲れてるんだ。頑張ってることを褒めてほしいな」

「え、ですが、殿下を抱きしめるなんて……」

王子は煮えきらない私に痺れを切らしたのか、彷徨わせていた私の手を摑んで自分の腰に持っていく。

途端香った王子の匂いに、くらくらする。いつもこの距離でいるくせに、自分も王子の背中に手を回すとなると急に恥ずかしくなった。

いつもは軽く抱きしめられて終わりだけど、今は密着度が半端ではない。体がピッタリとくっついている。

「ベル、緊張してる？　鼓動がこっちまで響いてくる」

「うっ」

耳元で囁くように話されて、頭が沸騰しそうだった。思わず抵抗するように身動ぎすると、王子の腕に力が入る。

「ねぇ、俺、ベルにもっと抱きしめてほしいんだけど。いつも俺ばっかりだから」

拗ねたような言い方に、さっきの色気がなくなったことに気付いて少しばかりほっとした。

思いきって王子の背中に手を回し、ぎゅうっと抱きしめる。

「ふふ、ベル、力込めすぎだよ」

力強く抱きつくと、王子は楽しそうに笑った。

しばらく二人で抱き合っていると、従者が焦ったように声をかけた。

「失礼します。ディラン殿下、そろそろ……」

「ああ、そうだね。ごめん」

「すみません！　引き留めてしまって」

王子と、従者にも頭を下げる。従者は頭を下げた私に困った顔でお辞儀をして、そそくさと後ろに下がった。

「じゃあね、ベル」

「はい。お気をつけてお帰りください」

王子の馬車が見えなくなるまでしっかり深く頭を下げた。

家の玄関を開けると、そこにウィルが立っていた。

「え、ウィル？　待っていたの？」

「別に」

明らかに見送った時と同じ立ち位置で、腕を組んでいた。

可愛いところもあるじゃない。

「あんたは、ディラン兄様の婚約者なの？」

話しかけられたことが嬉しくて思わず頬を緩ませるが、私と王子の態度の差に内心涙を流す。

「そうよ。今のところね」

「ふぅん……」

ウィルはそれっきり黙って俯いた。

質問の意図が分からず首を傾げるが、あまりしつこいのも嫌かと開きかけていた口を閉じる。王子曰く、小うるさい姉らしいので。

「絶対ディラン兄様と結婚してね」

「え？」

どうして？　と続けようとした言葉はウィルの声によって遮られた。

「そしたら、ディラン兄様はおれの本当の兄になるじゃないか」

「……あ、うん」

懐きすぎじゃないか？

王子が羨ましくて仕方がない。

表情は笑っているけど、私の目は死んでいたと思う。せっかくの弟を王子にとられた気分だ。

「それに……」

ウィルがまだ何かを話そうとするのでそちらを見ると、頰を赤くしてもじもじしていた。

可愛い……。ずっともじもじしていればいいのに。

そんなこと言ったらぶっ飛ばされそうなので黙っておく。

「それに、ディラン兄様は、姉様を幸せにしてくれると思う」

「……ん？」

「ディラン兄様は優しいから、きっと〝姉様〟を大切にしてくれると思う……なんてな！」

恥ずかしさからか、最後は誤魔化すように言った。

私は感動で目を潤ませる。

「え？ お姉様のことを考えてくれてるの？」

「そ、そんなんじゃねぇ！ ただディラン兄様と本当の兄弟に……！」

「うんうん、ほらもう一度言ってごらん？」

姉様、姉様だって！

もうこの際呼び方は気にしない。とりあえず姉として認めてくれたことが何より嬉しい。

「うぜぇ！」

ウィルは顔を真っ赤にしながら、私を罵倒して階段を駆け上がり、自分の部屋の扉をバタンッと閉めた。

「ツンデレかあああ」

私は、玄関先でしばらく一人悶えていた。

第三章 孤独

「誕生日、ですか？」

目の前に座る眼鏡の美少年は神妙に頷いた。

天気の良い昼下がり。久しぶりにシュヴァルツが秘密基地に来た。実はウィルも王子もさっきまで一緒にいたけれど、ウィルが王子を引っ張って遊びに行ってしまったのだ。

なので、今は私とシュヴァルツの二人きり。

「そうです。ディラン様のお誕生日を祝っていただきたいのです」

シュヴァルツ曰く、月末に王子が誕生日を迎えるらしい。

だけどシュヴァルツは仕事の関係で父親について王都を離れなければならないので、一緒にはいられない。

そこで、私に王子の誕生日を祝ってもらいたいとお願いしてきた。

「誕生日を祝うことは構わないのですが、なぜそれを私に？」

いつもは私に近づこうとしないシュヴァルツが、急にこんな話を持ちかけてきたことが理解できずに首を傾(かし)げた。

何も分かっていない様子の私に、シュヴァルツは呆(あき)れた視線を向ける。

「毎年、ディラン様のお誕生日を祝うのは私だけでした。ですが、今年は貴女(あなた)がいる。私より、貴女に祝われる方がディラン様も喜ばれるでしょう」

「そんなことないですよ。シュヴァルツ様がお祝いしてもきっと殿下(でんか)は喜んでくれます」

出会ってたった一年の私より、王宮で四六時中一緒に過ごしているシュヴァルツの方が王子と仲がいいだろう。シュヴァルツが遊びに加わるようになって、彼の人となりを完全に理解した今なら断言できる。

そんな思いを込(こ)めて言ったつもりだったのだが、シュヴァルツの目付きはさっきより鋭(するど)くなってしまった。

「本当に何も分かっていないですね」

「な、なにがですか？」

「ディラン様は、貴女を親友だと、好きだと仰(おっしゃ)いましたよね。それがどれだけ特別なことなのか、全く理解していない」

「でも親友なら、シュヴァルツ様だって……」

「私は、臣下です。ディラン様の隣(となり)には立てない」

瞬(まばた)きもせず、じっと私を見つめるシュヴァルツに気圧(けお)されて、緊張(きんちょう)からゴクリと唾(つば)を飲み込んだ。

張り詰めた雰囲気を纏うシュヴァルツは怒っているように見える。

だが、先に目をそらしたのはシュヴァルツで、落ち着かせるように一度息をつくと、再度尋ねてきた。

「ディラン様のお誕生日を祝ってくださいますか？」

「……ええ、もちろんです」

ゆっくり頷くとシュヴァルツはほっと胸を撫で下ろした。さっきまでの殺伐とした雰囲気も一瞬で消える。

「良かった。ありがとうございます」

「誕生日を祝うのは当たり前のことですから。――あれ？　でも、今月末って確か……」

「一年前、ディラン様とベルティーア様がお見合いをなされたのと同じ日です」

「あぁ！」

そうだ。お見合いをした日だ。

誕生日と初めて出会った日が一緒だなんて、ちょっと運命的だ。

「でも、殿下のお誕生日ならパーティーが開かれるのでは？」

王族の誕生日は、それはそれは盛大に祝われると聞いたことがある。

そもそも去年もお見合いなんてしている場合ではなかったのでは？　と思わなくもない。

パーティーが開かれる予定なら、誕生日当日なんて忙しくて会えないだろう。

しかし、私の予想に反してシュヴァルツの表情は暗くなる。

「……パーティー自体はあるんです」

「じゃあ……」

「ベルティーア様は王宮でのディラン様の状況をご存じですか？」

「一応、知っています」

王宮で孤立する第二王子。

王子から兄弟仲が良くないと聞いた後、お父様に詳しい事情を尋ねてようやく知ることができた。出来損ないの王太子と、優秀な第二王子。幼少期の二人はそんな風に呼ばれていたらしい。

平均的な魔力量しか持たない王太子と、魔力量が多く、魔法の扱いに長けた王子は、王宮内でも貴族の間でも比べられていた。王宮で囁かれる自分の陰口に怒り狂い、優秀な弟に嫉妬した王太子は、己の権力で王子を孤立させた。正妃の子である王太子に、側室の子である王子が権力で敵うはずがない。

そこでいつも疑問に思っていたことが口からポロリと零れた。

「王太子殿下は、殿下と親密な方を排斥し、王宮で孤立させたと聞いたのですが、シュヴァルツ様はずっと殿下の側近をしていますよね？　どうしてですか？」

「一つは、私が大臣の息子だということで安易に王宮から追い出せないこと。もう一つは私が王宮でディラン様に興味がないように振る舞っているからです」

「興味がないように？」

「はい。ディラン様が王太子殿下に目をつけられてから、人がいる場所でディラン様と言葉を交わしたことはありません。王太子殿下を刺激して、ディラン様を苦しめたくないので」

シュヴァルツは淡々と言った。

王太子の陰湿な嫌がらせは今もまだ王子を苦しめているらしい。もしかして、この嫌がらせとパーティーに何か関係があるのだろうか。

「それでですね。ディラン様と王太子殿下の誕生日は、とても近いんです」

「あ、そうなんですか。おめでたいことですね」

私は反応に困って、曖昧に頷く。

「王族のパーティーともなると盛大で、身内の祝いにもかかわらず実はとてもお金がかかります」

「ええ、でしょうね」

「王族以外に位の高い貴族たちも来賓として呼ばれますが、彼らにも仕事がありますので、王族と言えど頻繁に開けるものではない」

シュヴァルツの話にうんうんと頷く。王族のパーティーだから呼ばれたら行くだろうけど、短い期間に何度も開催されたらそれはそれで迷惑ということだ。

「なので、ディラン様と王太子殿下の誕生パーティーが合同で開催されることになったのです。これは国王陛下の一存でした」

「なるほど……」

まぁ、子どものお誕生日祝いだし、言わばヴェルメリオという一つの家族の話だ。外野が口を出すものではない。

「ですがそこで……異議申し立てをしたのは王太子殿下でした」

「異議申し立て？」

一体どんな異議があるというのだろう。首を傾げた私にシュヴァルツは軽くため息をついた。

「王太子が優遇されないのはおかしい、って駄々をこね出したんです。ディラン様の六歳の誕生日だった気がします。それまで何も言わなかったのに、いきなり文句をつけ出したんですよ」

「突然、ですか？」

「突然です」

こくりと頷いたシュヴァルツに、私はしばらく唸る。

「うーん、いくら殿下のことが気に食わなくても、そこは我慢すべきですよね」

「すべきです」

シュヴァルツが即答した。

「あの方は王太子ですよ。将来王になるのです。器のちっせぇ我が儘言いやがって……」

いきなり暴言を吐き出したシュヴァルツのものすごい形相に、空気が冷える。まるでウィルのような口調だった。いきなりそんな怖いこと言わないでほしい。相手は王太子だ。誰がどこで見ているか分からないのに。

固まった私を見て、シュヴァルツはばつが悪そうに咳払いをした。

何も誤魔化せてませんけど。

「えーっと、失礼しました。ディラン様が無下にされたことに腸が煮えくり返りまして」

「は、はい。そうですね……。こう言っては失礼ですが、シュヴァルツ様って本気で殿下を大事に思っていらっしゃるんですね」

「本当に失礼ですね」

「すみません。殿下に対してかなり砕けた口調で話すイメージがあったので……」

「主従関係はありますが、付き合いが長いためか自然と話し方も崩れてしまって。もちろん、会話をするのはディラン様の自室でだけですよ。どこで誰が見ているか、王宮では気が抜けないので。しかし、それはひとえにディラン様が私を対等に扱ってくれるからです。

ディラン様ほど尊い方はこの世におりません。主のためならこの命も捨てる覚悟はできています」

いつもはにこりともしない口元が弧を描き、怪しげな笑みを浮かべている。暗い瞳が眼鏡の奥で輝き、底知れない薄ら寒さを感じた。

「本題に戻りますが、本来ならその合同パーティーはディラン様と王太子殿下の誕生日の丁度中間の時期に催されていたのです。ですが、王太子殿下がそんな調子でしたので結局王太子殿下の誕生日に行うことになりました」

「え、それって実質、王太子殿下の誕生日パーティーってことですよね」

「そうなんです。ディラン様をおまけみたいに。あのクソ王太子……！」

この人いつか不敬罪で殺されると思う。

それほど忠義に篤いと思って何も言わないでおこう。それがいい。

「そんなパーティーじゃ居心地が悪いですね」

「そうです。貴族たちは次期国王である王太子殿下にあからさまな媚びを売るし、ディラン様のことは見て見ぬふりをするしで」

うんざりしたようにシュヴァルツが頭を抱え、言葉を続ける。

「実は、ディラン様がベルティーア様を婚約者と定めた後に、王太子殿下がかなり荒れました」

そう言えば、婚約してからやたら私の家に通ってきていた時期があった。あれって、もしかして王太子と特に揉めていた時期だったから？

「そうなんですか。でもどうして？　婚約者なら王太子殿下にもいるでしょう？」

「ベルティーア様だからです」

私はきょとんと首を傾げた。

「私……？」

「ベルティーア様、王族の誕生日パーティーにいらっしゃったことがないでしょう？　タイバス家のご当主……お父君はいらしているのに」

確かに。私はあまり大きなパーティーに出たことがない。

まず作法がなっていないし、出なくてもいいとお父様にもお母様にも言われていたから。

「ベルティーア様、ご自分の噂をご存じですか？」

「え、知らないです。何ですか噂って」

嫌な予感がビンビンするんですけど。誰かこの悪寒を止めてくれないかな。

「王族のパーティーにも出ない。公にそのご尊顔を曝したことがない」

「まさか……」

「タイバス家の一人娘は、とても美しい娘なんじゃないかって」

さあっと血の気が引いた。

自分でも思うけど、ベルティーアは美しい。まだ大人になりきれていない幼さから来る可愛さと、顔つきから来る美しさを兼ね備えている。まさに美少女。というか、乙女ゲームにおいて不細工ってほとんど出てこない。

だけどそれが絶対的美少女かと言われたらそれは違う！　確かに可愛いよ！　私は可愛い！　ふわふわの髪の毛にキラリと輝く大きな瞳。そりゃ、可愛いだろう。

けど、百人が百人可愛いと言うかと問われたら答えは否。それに王子と比べたらもう……。

あの人の隣に立ちたくない。女としてのプライドが死ぬ。

「無理です。なんですか、その噂。今すぐ消してください」

「それこそ無理ですよ。大丈夫ですって。ベルティーア様は可愛らしい方ですし」

「知っています！」

「知ってるんですか」

なら何の問題が？　とシュヴァルツが首を傾げた。

「でも誰もが見惚れるほど美しいという容姿ではないです！　殿下とは雲泥の差ですよ！」

「比べる相手が間違ってると思います」

「そこは慰めてください！」

本音を隠そうともしないシュヴァルツに、現実を突きつけられてがっくりと落ち込む。

「あ、それでですね」

「もう畳みかけなくていいですよ……」

「ディラン様の婚約者が美しいと噂される娘だということで王太子殿下が暴れたんですね。駄馬の如くです」

無視されたのもビックリだけど王太子を駄馬扱いするのもなかなかだ。

驚いて目を見開いた私を無視して、シュヴァルツは眼鏡のブリッジを押し上げながら続けた。

「とにかく王太子殿下は相当面倒くさいんで、気をつけてください」

「善処します。会う機会がないことを祈りますけれど」

「それと……」

シュヴァルツとの会話って精神がゴリゴリ削られる。ぐったりと疲れた私は行儀悪く頬杖をついた。むすっと不機嫌になった私の様子にシュヴァルツは少し笑った、気がする。

都合の良い幻影かもしれない。

「私がベルティーア様にディラン様の誕生日を祝うように言ったことと、王族の内情を話したことはディラン様に言わないでください」

「はい、分かりました。……理由を聞いても？」

「ディラン様の婚約者に私の方から接触したことを知られたくないですし、ディラン様は王宮での自分の扱いを知られることを嫌悪しているからです」

「王宮での扱いは分かりますが、接触なんて今さら……」

「私が今まで自ら貴女に近づくことはしていませんよね？　ディラン様に誤解を与えたくないんです」

　そうシュヴァルツに言われて、ふと納得した。これまで遊びに誘うのも、話しかけたのも、全部私からだった。私と王子の会話にシュヴァルツが口を挟むことはあれど、私と会話をしようなんて意志は今日この日まで微塵も感じられなかった。その理由は、すべて王子を思ってのことだったのだ。

　シュヴァルツと王子の不仲説を考えていたかつての自分を平手打ちしてやりたい。シュヴァルツの王子に対する感情はもはや崇拝の域に達している。

「あと、ディラン様の側にいてあげてください。一生」

「え？　今さらっと重たいこと言いませんでした？」

「はい。一生ディラン様のために生きてください」

「色々おかしいです」

　この人どんだけ王子至上主義なの。王子のために生きてるのはお前くらいだ。

そう思っていたのに、さらりとダークブルーの髪が揺れる。

「お願いします。ディラン様の側にいてください」

「え、ええ？」

あのシュヴァルツが頭を下げた。王子以外に頭を下げた……だって？

いや待って、そのわりに十五度くらいしか傾いていないですけど？　礼が浅すぎない？

「ベルティーア様だけなんです。お願いします。絶対にディラン様の側からいなくならないでください」

「いなくは……ならないと思いますけど……」

「ならいいです」

実際、将来王子の隣に立つのはヒロインですけどね。と、私は喉まで出かかった言葉をごくりと飲み込む。これは、言わなくていいことだ。自分の内に秘めておくだけで十分。

少ししか下げていなかった頭を上げて、シュヴァルツが微笑んだ。ホントに。これは見間違いじゃない。絶対笑った。

初めて見るシュヴァルツの大人びた微笑みを脳裏に焼きつけていると、さっとシュヴァルツの表情が無に戻った。

心なしか顔色が悪い。

直後、突風が吹いた。

地を這うような冷たい声が風に乗って聞こえてくる。真後ろから。

「何、見つめ合ってるの？」

怒気を含んだ声色が恐ろしすぎて振り向けない。

王子はまだ変声期が来ていないはずなのに、なぜそんな低い声が出るのだろう。

「ディラン様、お帰りなさいませ」

「……シュヴァルツ。何してた？」

真顔のシュヴァルツが席を立ち、王子に向かって深くお辞儀する。

なんだろう、この差は。さっきのシュヴァルツの礼はこんなに深くなかった。私は一応シュヴァルツの主の婚約者のはずなんだけど。

「ベルティーア様と少々お話を」

「へぇ。ベルと？　どんな話？」

「ただの世間話です」

シュヴァルツは元々この答えを用意していたのかと疑うぐらい、王子の質問に迷いなく答えた。

王子の対応はシュヴァルツがしてくれる。このままやり過ごそうと胸を撫で下ろしていると、ベル、と王子の咎めるような声が聞こえた。

え、私？

訳が分からず固まっていると、また王子に名前を呼ばれた。恐怖がぶり返し、ギギギ……と油を差していないブリキのおもちゃの如く後ろを振り返る。そこには顔を青くしたウィルと瞳孔を開き私を凝視する王子がいた。

「ベル、一体何の話をしてたの？」

「……」

矛先がこちらに来た！

助けを求めるようにシュヴァルツを見るが、シュヴァルツは目を合わせてくれない。

一人でどうにかしろと？

「俺には言えないことなの？」

「い、いえ……」

シュヴァルツに口止めされた手前、迂闊なことは言えない。

私はどうにか別の話題でお茶を濁すことにした。

「えーっと、殿下は私の噂を知っていますか？」

「噂……？」

何とか自然に見えるように、コテンと首を傾げて王子を見る。王子は意表を突かれたようにぱちぱちと瞬きを繰り返した。

「自分では言いにくいんですけど……美しい娘って」

「あぁ、あれか。ベルがあんまり人前に出ないから貴族たちが勝手に言い始めたんだよ。まぁ、タイバス家の当主も否定しなかったからね」

「美しい娘？」

ずっと王子の後ろに隠れるように立っていたウィルが顔を出す。

癖(くせ)のあるふわふわの髪の毛がぴょこんと揺れた。

「美しい娘って誰がですか？」

「どっかの知らない令嬢(れいじょう)よ」

「ベルのことだよ」

絶対ウィルにはからかわれるから誤魔化そうと思ったのに、王子が言いやがった。

ウィルが王子の言葉を聞いて、一瞬フリーズした後眉間(みけん)にシワを寄せた。

「は？　あんたが美しい娘？」

「こら、お姉様でしょ」

人差し指を立てて睨(にら)むと、ウィルは小さく舌打ちしてからお姉様、と言い直した。

王子がいるとウィルが素直(すなお)なので助かる。私の言うことを聞いたら王子に褒(ほ)めてもらえるからだ。今も偉(えら)いね、と頭を撫でてもらっている。

ウィルは王子の背中にしがみついて私にしか見えないようにべーっと舌を出した。

「ディラン兄様！　この人ぜんっぜん美しくないですよ！」

「えぇ？　そうかなぁ。俺は十分可愛いと思うけど」

王子は困ったように笑うと、ちらりと私を横目で見た。美しいと誰も言わないのはなぜ。

「ほら、よく見てごらん？　可愛いから」

ね？　とウィルに同意を求めるようにあざとく首を傾げる王子の方が可愛いと思います。

ウィルは王子の言った通り、じーっと私を観察する。なんとなく恥ずかしくていたたまれない。ニキビは……ない。大丈夫。ツルツルお肌だから大丈夫。

とてつもなく長い時間見られている気がして、そろそろ顔に穴が空くんじゃないかって時、ようやくウィルが口を開いた。

「普通」

シーンと辺りが静まり返る。風が吹き、葉と葉が擦れ合う音しか聞こえない。

「えーっと、ウィル」

珍しく焦ったような苦笑いの王子がウィルの肩に手を置いた。

「その、ベルが傷ついちゃうだろう？」

「え？　本当のことを言っただけですけど」

グサッと久しぶりにウィルの言葉の矢を受けた。ウィルの毒舌には大分耐性がついたと思っていたんだけどなぁ。

「ふ、ふふふふ」

私が不気味に笑い出すと、王子とシュヴァルツがギョッとしたようにこちらを見た。

「だ、大丈夫だよ！　ベルは可愛いから！」

「無理して褒めなくてもいいです。私は所詮お世辞でも美人にはなれない女ですよ」

むうっと頬を膨らませると、黙っていたウィルが王子に近づいてそっと耳打ちした。

「おれ、何かまずいことしましたか？」

「うーん、ウィルはもう少し言葉に気を使おうね」

何を話しているかは聞こえないが、王子が諦めたようにため息をついた。

ウィルはきょとんとして何が悪かったのか全く分かっていない様子だ。最初の被害が私で良かった。どんなに顔が良くても女の子にお世辞の一つも言えない男は、モテないどころか当主になれるかも危うい。

社交界は嘘の溜まり場だ——とお父様から聞いた。

ここは姉として注意をしようと口を開きかけると、トンッと体に柔らかい衝撃が走る。

腹部を見ると、クルクルのシルバーグレーが楽しそうに踊っていた。

「ウィル？　どうし……」

「ごめんなさい、お姉様」

顔を上げたウィルの青みがかった瞳にはうっすら水の膜が張っていた。光に反射してさらに輝いて見える。

「素直に言うのは恥ずかしくて……。ごめんなさいお姉様、傷ついちゃったよね。お姉様はすごく綺麗だよ」

ふわっと唇をほころばせて、天使のような笑顔を炸裂させる私の弟。綺麗だよ、と言った瞬間に私のドレスを軽く握るのがあざとい。可愛い。天使。天使だ。

「ウィ……ウィル！　なんて可愛いの！」

「こんな感じでいいんですか？」

ウィルを抱きしめようと伸ばした腕は見事にかわされ、空を切った。

「え？」

「ディラン兄様が気を使えって言ったから」

絶望したように王子を見ると王子は眉間に手を当て、俯いていた。

シュヴァルツもなんとなく困ったような顔をしている。

「気を使える人は、王子に言われたからやったなんて馬鹿正直に言わないわ」

感情をグッと堪えて諭すように言うと、ウィルはむすっと明らかに不機嫌になった。

「……ちゃんとしたのに」

「言って良いことと悪いことの区別をつけましょうね」

にっこりと優しく微笑み頭を撫でるが、ウィルはプイッと私の手を逃れて王子の後ろに隠れる。

「ディラン兄様……。おれ、駄目でしたか？」

「そうだね。ちゃんと訂正できたのは良かったよ。だけど嘘は相手にバレないようにつくものだ。分かった？」

「バレないように……」

「ちょ、ウィルに変なこと吹き込まないでくださいよ！」

「はい！　分かりました。ディラン兄様！」

元気よく返事をするウィルとは対照的に私は頭を抱えた。ウィルが毒されていく。

でも、これが当主になる上で避けられない社交術であることは間違いない。社交界は伏魔殿だから、弁が立つ分には問題ないのだ。

「ウィルが社交辞令を極めれば社交界の貴公子になること間違いなしですね！」

「社交界の貴公子……安っぽい二つ名ですね」

「ていうか、そのままじゃない？」

シュヴァルツは呆れたように私を見て、王子はけらけらと肩を揺らして笑う。

絶対馬鹿にされてる……。

「さて、そろそろお暇しようか。シュヴァルツ」

「ディラン様の仰せのままに」

本当にいちいち王子至上主義な奴だ。

横目でシュヴァルツを見るが、当の本人はどこ吹く風でスンッとすましている。王子もこれが日常茶飯事なのか特に不思議がることはなかった。とりあえず嵐は去ったようだ。

ウィルが王子と話している隙にシュヴァルツが近づいてきてすれ違いざまに囁かれる。

「お誕生日、よろしくお願いします」

シュヴァルツを安心させるため、私は深く頷いた。


私は今、国で最も格式高い場所に来ている。人生二回目の王宮だ。

いよいよ今日が王子の誕生日である。

シュヴァルツに頼まれてから私はせっせとこの日のために準備をしてきた。もちろんウィルの協力も仰いで。

王子の誕生日って言ったらすんなり協力するんだから、あの子は……。

王子に喜んでもらうことを第一に計画した私の作戦は、「王宮でサプライズ誕生日大作戦」。そのままの意味である。

あのシュヴァルツにお願いされたんだから、なにか特別なことをしてあげたい。いつもとは違うような何かを。

そう思って浮かんだアイディアが、王宮にお忍びで行くことだった。

王宮は普通、位の高い貴族でも王族の許可なしには入れない。しかし、王族の婚約者は違う。選ばれし婚約者だけは王宮の出入りを許されるのだ。

面倒くさい手続きはしなきゃならないけれど、普通の貴族たちよりはまだ王宮に行きやすい。

そこを利用して、今日は王子の部屋をサプライズで訪れ、プチ誕生日パーティーを開くことにした。

王子の部屋へ向かう途中でふと、迷惑かもしれないという考えが頭を過る。内緒のまま計画を推し進めてしまったが、王子が私を部屋に入れたくなさそうだったらどうしよう。その時はお迎えに来ましたとかなんとか誤魔化して、うちでパーティーを開催すればいいか。

例の王太子にも気をつけながら、目の前を歩く案内の兵士についていく。

「ここです」

兵士の声に顔を上げ、立ち止まったのは大きな大きな扉の前。

思わず感嘆の声を漏らしてしまった。

自分の部屋もかなりの広さがあると自負しているが、やはり王族ともなれば違うらしい。当たり前か……。

「ありがとうございます」

「いえ。ごゆっくり」

案内の兵士は無表情のままお辞儀をして、そのままどこかへ行ってしまった。王子と関わり合いになりたくないのか、一刻も早くここを離れたいって雰囲気が隠せていない。

「この扉はまるで王子と周囲を隔てる壁ね……」

ポエミーな台詞をポツリと呟いて身なりを整えた。

思っていた以上に王子の王宮での扱いは良くなさそうだ。それとも、ただ王子を毛嫌いする兵士だっただけ？

王子の部屋の周りは全く人の気配がしない。無駄に長い豪華な廊下にも、掃除をする使用人の一人もいないのだ。

仮にも第二王子である彼に、ここまで露骨に距離を置くのはやはり王太子が絡んでいるからだろうか。王宮の権力ピラミッドはよく分からない。

まぁ、婚約者である私には関係のないことだけどね。

フッと格好つけて笑い、思いきりデカイ扉を叩く。宝石のような飾りがいっぱいついているこの扉を叩くのはちょっと痛かった。

しばらく待っても反応がない。

首を傾げてもう一度叩く……が、やっぱり返事がない。

まさか、私の家に行っているとか？　入れ違いになってしまった？

その可能性を否定できずに一人で唸る。できるだけ早い時間に王宮を訪れたのにすれ違ってしまうなんて。

せっかくケーキやら、二人でできるボードゲームやらを用意してきたのに……。

応答もなく入るのは憚られたが、とりあえず取っ手を回した。

「……え!?　開いた……」

意外とすんなりと扉が開く。

いやいや、王子の部屋が簡単に開いちゃだめでしょう。

頭の中でツッコミながらそっと部屋に入る。ぐるりと見渡すとたくさんの書類が積まれている机と、ふかふかの赤い絨毯。部屋はきちんと整えられているが、天蓋付きのベッドだけがぐしゃぐしゃになっている。

咄嗟にベッドからさっと目をそらした。

王子の部屋は生活感がなさそうだと思っていたから、なんとなく見てはいけないものを見てしまったような罪悪感があった。

手に持っていた籠を机の上に置いた時、ふと視界の隅で何かが動いた気がした。

私はその動いたものの方向――ベッドをじっくりと見る。

「なにかおかしい……？　あ」

よく見ると、ベッドの隅に金色のものが光っていた。金色といえば王子の髪。

これってもしかしなくても王子が寝てる……？

まさか、王子がこんな昼前まで寝ているなんて想像もしていなかったため、盛大に狼狽える。実はロングスリーパーなのかも。

怖いもの見たさで恐る恐る王子の眠るベッドへ近づいた。

「う、あぁぁ……」

私は王子の美しすぎるご尊顔を拝見してからその場に赤面して蹲る。

だめだ。これはだめだ。世の女子に見せてはいけない。

王子は今日で何歳だっけ？　私の一個上だから……十一歳か。え、おかしい。絶対におかしい。これは十一歳で出る色気じゃない。

地上に舞い降りた天使の如く眠る王子は、それはもう麗しかった。魅惑的なその容貌に魅了され、うっかり目覚めのキスでもしてしまいそうだ。

整った寝顔に涎なんて垂れているはずもない。キラキラ輝く金髪は計算し尽くされたように綺麗に散っていた。寝巻きからちょこっと見えるお腹とか、毛布を抱き枕にしているところとかは年相応の少年に見えるのだが、顔が良すぎる。

私は慄然とした。

前々から整っているとは思っていたが、こうまじまじ見ると本当に国宝級の顔面である。

王子の誕生日なのに自分がご褒美をもらえた気分だった。

いつでも私を小馬鹿にして、大人びた笑みを浮かべる余裕綽々の王子はいない。ただベッドの上で眠る可愛らしい美少年だった。

あまりにも私の心が乱れそうなので、一度深呼吸する。ひとまず王子を起こさなければ……。

婚約者なんだからこれくらいは許容範囲なはずだと、高を括って王子の肩に手をかける。

「殿下、殿下。起きてください」

前後に揺らすけどなかなか起きない。めちゃくちゃ寝起きが悪いな、この人。

「殿下！」

揺らしていると王子が「んむぅ」と唸って身動ぎした。咄嗟に手を引っ込める。

なんで私が悪いことをしたような気分になってしまうのだろう。

何とも言えない罪悪感に苛まれながらまた王子の肩を揺らすが、一向に起きない。

なぜ起きないのだろうかと首を捻って考える。

いつもはシュヴァルツが起こしているのよね。彼以外に考えられない。

『ディ、ディラン様のお誕生日を祝ってほしいのです』

「あ、そういうこと？」

なるほど。名前を呼んで起こせば反応するのね？

憶測でしかないが試す価値はある。

「ディラン様。起きてくださ……っ！」

もう一度肩を揺すろうと手をかけたが、その手をいきなり摑まれ、引っ張られた。

「起きてたんですか……」

王子の上に倒れ込むような格好になり、じっと王子を睨むとへらりと笑われた。

「起きてないよ。まだ夢の中」

目が眠たそうにとろんとしている。

寝惚けているのか……と思って王子の胸あたりを押し返すも、効果なし。

絶対現実そのものなのになんで気付かないのかな⁉　やっぱり寝起きが悪すぎる。

逃げ出そうとする私をちらりと見て、王子が意地悪な笑みを浮かべた。

「だぁめ。なんで逃げるの。俺の夢なんだから俺の好きにさせてよ」

「え、ちょ、待ってください！」

「待たない。夢なら何をしてもいいだろう？　明晰夢なんて初めて見た」

「夢じゃないです！　現実です！」

「じゃあ、なんでベルが王宮の……それも俺の部屋にいるわけ？」

おかしいでしょ？　と笑いながら王子の手がするりと腰を撫でた。私の首あたりに顔を埋めながら囁く。

「やめてくださいって！」

「ベルは夢の中でも俺の言うこと聞いてくれないんだ？」

くすくす笑って体を回転させると、そのまま私をベッドの上に組み敷いた。

さすがにまずいと足をばたつかせる。

「私たち、何歳か分かってます⁉」

「今年で十一」

「冷静！　そうじゃなくて、まず婚前に同じベッドに入ることすらタブーなのに！」

「……ほんと、君は夢の中でも思い通りに動いてくれないんだな」

伏せた王子の目を見た途端、鳥肌がたった。目が、本気である。

唐突に王子が私の首筋をカプリと甘噛みした。思わず肩が跳ねる。くすくすと嬉しそうに笑う王子の手が私の足を撫でるように触れた。

まずい！　これ以上は本当にだめなやつだ！

今日は王子の誕生日だからある程度は言うことを聞くつもりだったけど、この歳でのこのような行為は私の倫理に反するのだ。

許せ、王子！

心の中で適当に謝ってカッと目を見開く。

「るぁっ！」

「いた⁉」

ゴチンッという重すぎる音が広い部屋に響いた。

「ごめんなさい」

ベッドの上に正座して私に深く頭を下げる美少年。忘れてはならないのはこの方がこの国の第二王子であるということだ。光景がシュールすぎる。

まぁ、今回は王子に非がある、のかな。でも私も勝手に入っちゃったし……。

「未遂ですから大丈夫ですよ。連絡せずに来た私も悪かったです。ごめんなさい」

「うーん、まぁ八割方気付いていていたんだけどね」

思わず王子を二度見してしまった。

「寝惚けていたわけでは……」

「そんなわけないよ。ノックされた時点でほぼ起きていたし。でもまさか、ベルだとは思わなくて」

私は驚きに目を瞬かせる。

「ちょっとした悪戯心で起きなかったんだけど、ベルが俺のこと名前で呼んでくれたから我慢できなくなっちゃった」

「シュヴァルツ様が殿下のことをお名前で呼んでいるので、そうしないと起きないのかと思ったんですよ……」

思わずジト目になる私に、王子はさらに笑みを深めた。

「ベルがいるのが夢みたいでさ。だってベルがいるんだよ？　俺のベッドに。夢だと思うでしょ？」

「……否定はできません」

確かに、朝起きて部屋に王子がいたら夢だと思う。

たとえ自分の誕生日でも朝から自分の部屋に来てお祝いって、なかなか迷惑な話かもしれない。

「すみません。驚きましたよね」

「いや？　いい目覚めだったよ？」

意地悪く微笑んだ王子に私も苦笑いして頬を掻く。

「ベル、挨拶」

王子が私の裾を引っ張り、ん、と頬を差し出して目を瞑った。王子に近づいて頬にキスを落とす。

「おはようございます、殿下」

「ん、おはよう、ベル」

王子も私の頬にキスをし、挨拶を交わした。

「ベルってチョロいから時々心配になるよ」

「え、突然なんですか」

「俺の言うこと、すんなり信じちゃうんだもん」

「……私なにか騙されてます？」

王子は首を振って、「俺がベルを騙すわけないよ」と言うが、満面の笑みは絶やさない。

訝しげに眉を寄せると、するりと頭を撫でられる。

「ところでどうして王宮に来たの？　俺の部屋にいるってことは俺に何か用？」

「用も何も、今日は殿下のお誕生日でしょう？」

そこではたと気づく。私、おめでとうってまだ言ってない！

ベッドから降りてドレスを整えてから丁寧に頭を下げた。

「遅くなって申し訳ございません！　殿下、お誕生日おめでとうございます！」

満足して顔を上げると、寝起きだというのに寝癖一つついていない髪を揺らして王子は首を傾げる。

「誕生日……？　あぁ、俺の？」

「え、反応薄くないですか……」

「ありがとう、ベル。でも、それを言いにわざわざここまで？」

一瞬きょとんと惚けた後、王子は呆れたように笑った。

「それだけじゃないです！　ちゃんとケーキと新しいゲームを持ってきました！」

「ふふ、そんなの、ベルの家でやればいいのに」

「今日は殿下の誕生日なんですから、殿下はなにもしなくていいんです！　さぁ、誕生日パーティーをしますよ！」

籠に入れてきたゲームやケーキを取り出して、机の上に並べた。

「パーティー……？　なんでパーティーするの？」

「え、いや、そんな豪華なパーティーじゃないですけど……。せめてお祝いしたくて」

「お祝い？　なんで？」

「え？」

しばらく固まって、王子と見つめ合うこと数秒。

私は衝撃を受けていた。

誕生日を祝う理由が王子には分からないの？

まさか、と思い聞いてみる。

「あの、殿下。誕生日って何をしますか？」

「歳をとる」

「いや、そういうのじゃなくて、具体的に何か特別なことをしたりしませんか？」

「特別？」

私の問いかけに王子はう―んと考えるように手を顎に当てた。

「シュヴァルツからおめでとうって言われる」

「ええ。ほかには？」

「ほか……？　夕食後にケーキがある」

「なるほど、ほかにありますか？」

「ええ？　もうないよ？」

困ったように眉を寄せる王子に私は頭を抱えた。王子はそもそも誕生日を特別だと思っていない。シュヴァルツ、お前これまで何してたんだ！

はぁ、とため息をつくと王子は不思議そうに私を見た。

「ベル？　何か勘違いしているようだけど、パーティーしたり、特別に祝ったりするのは王族くらいだよ。庶民の家ではデザートすら食べない」

「え、そうなんですか⁉」

私の常識が間違っていたとは。

日本の乙女ゲームだからそういう文化はちゃんと補正されているものとばかり思っていた。

……いや、でも今まで自分の誕生日で、夕食が豪華だったりケーキが食後にあったりしたことはあれど、パーティーやプレゼントがあった記憶はない。

シュヴァルツが祝ってくれって言ったのも、もしかしたらおめでとうって自分の代わりに言ってほしかっただけかもしれない。

ウィルも王子にケーキをプレゼントするって言ったら不思議そうな顔をしていた。誕生日プレゼントっていう概念すらない可能性もある。

「そう、なんですね……」

「うーん、その、誕生日だからお祝いっていう考えが正直よく分からない。王族は身分の差を示すためにパーティーを開催するのが慣習だけれど、ベルが言ってるのはそういうことじゃないよね？　何がおめでたいの？」

「何って、自分が生まれた日じゃないですか」

私の言葉に王子は微妙な顔をする。

「うーん、生まれてきてくれてありがとう、ってことですかね」

素直に思ったままを言えば、王子はポカンと口を開けた。

「殿下が生まれてきて良かったなぁってことを、皆で祝うんです」

我ながら良い説明の仕方をしたと誇らしく思っていると、王子は数秒瞬いた後、真顔で私の方へ歩いてきた。

驚いて戸惑っていると、王子の匂いが近くで香る。

かなりナチュラルに抱きしめられた。

「ベルは不思議だね。そんな考え方をする人なんてなかなかいないよ」

「そ、そうですか？」

異世界の文化です、とは言えないので曖昧に返事をするに留(とど)める。

「ねぇ、さっきのもう一回言って」

「さっきの？」

「うん、生まれてきてくれてありがとうってやつ」

「う、生まれてきてくれてありがとうございます」

声が小さくなりながらもそう言うと、王子が腕を少し離して私の顔を覗(のぞ)き込んできた。

「もう一回」

「え!?　生まれてきてくれてありがとうございます、殿下」

「名前でもう一回」

「生まれてくれてありがとうございます、ディラン様……？」

改めて王子の名前を呼ぶのが照れくさくて尻(しり)すぼみになって言うと、王子が自分の額と私の額をくっつけて幸せそうにくすくす笑った。

「そうか、ありがとうベル。俺は生まれてきて良かったんだね」

「な、なに言ってるんですか。当たり前です」

また王子が笑った。

　グリグリと額を押しつけてくるので地味に痛い。

「殿下……痛いです……」

「あれ？　もう名前で呼んでくれないの？　でもまぁいいや。俺、今すごく幸せだから」

　私の額から頭を離した王子は本当に幸せそうに微笑んでいた。

「俺は、ベルがいれば幸せだ」

「……そうですか？」

　そんなこと言われて悪い気のする人はそうそういない。私も例外ではなく、思わず頬が緩んでしまった。

「そうだよ。ベルさえいれば……」

　不意に王子が苦しそうに顔を歪めた気がしたが、それは一瞬で、すぐにいつもの笑顔に戻る。

「どうかしましたか？」

「なんでもない。あ、ケーキがあるじゃないか」

「気付きました？　これ、私が作ったんですよ！」

「え！　ベルが作ったの？　すごい。早く食べよう！」

　嬉しそうに満面の笑みを浮かべた王子が指を鳴らすと、一瞬で机の上にお皿やフォークが並べられた。私が驚きに目を見開くと、王子が手を引いて私をソファーに座らせた。

「え、今の、魔法、ですよね？」

「うん。そうだよ。ねぇ、早くケーキ食べたい！」

弾んだ王子の声に、私まで嬉しくなって口元が緩んだ。

さぁ、楽しい誕生日パーティーの始まりだ。

「まずはこちらのケーキをどうぞ！」

ケーキに立てる蝋燭も用意していたが、この世界にないことをしすぎるのはよくない気がして、ハッピーバースデーの歌も蝋燭の火を消す作業も行わずケーキを取り分ける。

ふんわりとフォークに掬われた白いクリームが王子の口に吸い込まれた。

私はその様子をドキドキしながら見守る。

「ん……美味しい！」

驚いたように目を丸くして、王子が言った。

私は内心ガッツポーズを決める。

前世ではよくお菓子作りをしていた。……と言っても簡単なものばかりでレシピを見ずに作れるのはイチゴケーキとクッキーだけ。ブランクがあったので不安だったが、覚えていてよかった。

当然、料理長に教えを請うふりをしながら勝手に自分でアレンジしたので、そのまま昔の味というわけではないけれど。

「甘すぎなくて食べやすいよ」

「本当ですか！　ウィルにも絶賛されたんですよ！」

褒められたのが嬉しくてついつい自慢してしまった。

王子は私の話を嬉しそうに聞く。

こうしていると本当にお兄ちゃんみたいで、私はえへへっと間抜けな笑い方をした。

二人でケーキを堪能していると、王子がハッと思い出したように顔を上げて、私を見つめた。私はケーキを口に運びながら首を傾げる。

「ねぇ、ベル。ベルは一人で王宮に来たの？」

「はい。婚約者しか王宮には入れませんから。ウィルと一緒に来たかったのですが無理でした」

肩を竦めて見せると王子は苦虫を噛み潰したような顔をする。

「一人で俺の部屋まで？」

「一応兵士の方に案内をしてもらいました。……どうかしました？」

王子の顔色が心なしか悪い。

王子は何かを言おうとして口を閉じ、しばらくして意を決したようにじっと私を見る。

「兄上に……王太子に会った？」

「王太子殿下、ですか？」

うーんと首を捻って考える。案内をされている時に王太子はいたかな。注意は払っていたが、さすがにそんな身分の方にお会いしたらわかるだろう。

「いいえ。会っていません」

私がそう答えると王子はほっと胸を撫で下ろす。

「よかった……。本当に」

王子は長く息を吐く。

私に会ってほしくないほど兄のことが嫌いなのか。いや、当たり前のことだ。罪のない王子に苦しい思いをさせたのはその王太子なんだから。

王子もたまにはやり返してみたらどうだろう。バレない程度に悪戯をするとか。

「兄上には、絶対に近寄らないでね」

「大丈夫です。近づきたいとも思いません」

素直に口に出してから、ちょっと不敬だったかなと慌てて口を押さえる。

「あ、でも、王族の誕生日パーティーが数日後にありますよね？　今回は私も出席しないといけなくて。その時はさすがにお会いしないとだめですよね」

私の中で好感度が地を行く王太子に会うのはすごく嫌だ。

その上挨拶をしなければならない。これでも第二王子の婚約者だからね。

王子も忘れていたらしく、ぐっと眉を寄せた。

「来なくていいよ」

「私もそうしたいのは山々ですが、ほら……婚約者ですし」

困ったように笑うと、王子は不機嫌そうに唇を尖らせた。

「いい。来なくていい。俺が何とかする」

「そういうわけにはいかないでしょう……」

呆れて正論を口にするが、王子はまだブツブツなにか言っている。珍しい。聡明な彼がこんなにごねるなんて。

どんだけやばい奴なんだ、その王太子は。この国の将来が不安になる。

「じゃあ、俺の側から離れないでね。絶対だよ。兄上と二人で話すとか、許さないから」

「殿下が良いのならそうさせてもらいます。私も初めてのパーティーですから、不安で」

苦笑して見せると王子も安心したように笑った。

「約束だからね？　ベルは名前しか言っちゃだめだよ。何を聞かれても、何を話しかけられても、名前だけしか言っちゃだめだからね」

それ、会話が絶対に成り立たないやつだよ。

「失礼だ！　って処刑されたらどうしましょう？」

「……まぁ、その時は一緒に死のう」

「回避の方向で」

　さすがに即答したが、王子は別に良くない？　と首を傾げる。

「とりあえず、パーティーは参加ということでお願いしますね。王太子殿下については善処します」

「ふふ、完璧にエスコートしてみせるよ。お姫様」

　頬を赤くすることもなく、さらりと甘いことを言えてしまう王子がすごい。イケメンだからできる芸当だ。

　王子の微笑みに私もにっこり笑い返して、お願いします、と頭を下げた。

「あ、ケーキ食べ終わりましたね。次はゲームしましょう！　ゲーム！」

　私は嬉々としてボードを見せびらかす。

　ゲームと言うと王子はあっと声を上げた。

「チェスならあるよ？」

「今回はチェスではありません！　あんなに頭を使うの、私には無理です！」

「ボードゲームは全部頭を使うと思うけど」

　呆れたように私を見る王子をちらりと一瞥して、籠の中から黒と白が両面にある丸い駒を出す。

　王子はまじまじとそれを見た。

「なにこれ？　また外国のゲーム？」

「そうです！　その名も……オセロ！」

「オセロ……？」

不思議そうに私の言葉を反復する。

オセロとは、「交互に白と黒の駒を並べ、左右、または前後（斜めも可）に自分の駒で相手の駒を挟み、相手の駒を自分の色にする。最終的に自分の色の駒の多い人の勝ち」という日本では定番のボードゲーム。

簡単そうに見えるが、かなり奥深いゲームである。

「ふふ、この単純なゲームならば私にも勝機あり！」

どや顔で胸を張る私を無視して、王子は黒白の駒を興味深そうに眺めていた。

「黒と白のところはチェスと変わらないね」

「確かに。そうですね」

「あ、良いこと思いついた」

駒を眺めていた王子が急に顔を上げる。

しばらく私をじっと見て、何かを企むような笑みを浮かべた。

「ねぇ、ベル。いつもと一緒じゃつまらないから、罰ゲームありにしよ？　勝った人の言うことを聞くっていうのは？」

「ええ!?　罰ゲームですか……」

王子に勝とうと思っても勝てたためしがないので危ない橋は渡りたくないんだけど。

「だめ？　今日は俺の誕生日なんだけど」

「う、そうですね……。じゃあ罰ゲームありにしましょう」

本当に負けられなくなってしまった。

意外と意地悪な王子に何をさせられるか分かったもんじゃない。

ちらりと王子を見てみると、いつものように楽しそうに笑みを浮かべていた。


「もうだめです。置く場所が二つしかありません」

「諦めちゃだめだよ」

盤面に数個しかない私の駒と、盤面を埋め尽くすような王子の駒。

そして置けるのがたったの二つ。これではさすがに戦意喪失する。

「リタイアしたら、罰ゲームなしとかになりませんか？」

「なりません」

「うう……」

パチッと一つ置いて、一つ裏返す。

王子が最後の一つを埋め、結局また私の駒が減った。

「はい、これで終わりだね。で、どっちが勝ちなの？」

分かってるくせにわざわざ聞いてくるのがホントに意地悪い。

私はぶすっと唇を尖らせた。

「殿下です」

「ベルが罰ゲームね」

罰ゲームの内容を考えるかのように、王子がわざとらしく腕を組む。

確か、勝った人の言うことを聞く、だったよね。無茶ぶりはやめてほしいな。犬の鳴き真似なら自信があるけど。

「じゃあ、ベルには今から言うお願いを聞いてもらおうかな」

「お願い？」

「うん。来年も、再来年も、そのまた先も、ずっと俺の誕生日を祝ってくれる？　生まれてきてくれてありがとう、ってまた言ってほしい」

「……え？」

ゲームに勝ってまで言いたかったことがそれ？

「そんなのでいいんですか？　罰ゲームですか？　それ」

「さあ？　ベルにとっては、罰ゲームじゃないみたいだね」

王子はくすくす笑って肩を竦めた。

「じゃあ、別のお願いがいい？」

「いや、いいです。喜んで誕生日を祝わせてもらいます」

「あ、俺の誕生日は婚約記念日でもあるよね？」

「では、まとめてお祝いしましょう」

あまりに可愛いお願いごとに、深く考えずに了承すると、王子は空になったケーキの皿を指差した。

「ケーキ、ホントに美味しかった。これもまた食べたい」

「ありがとうございます。こんなのいつでも作りますよ」

嬉しくて頬を緩ませれば、王子もふんわり幸せそうに微笑んだ。

この時安易に結んだ約束の意味が、王子にとっては「一生側にいてほしい」と同義だったと気付くのは、この数年後の話である。

いつもより丹念に髪を巻き、爪の先まで手入れをする。自分で選んだ淡いブルーのドレスは侍女にいい顔をされなかったが、無理やり押し通すことにした。
美しい娘（笑）と噂されている私でも、さすがにピンクのリボンとフリルたっぷりのド派手な衣装は似合わない。キリッとした顔には無駄な装飾のない清楚なデザインの方が

似合うのだ。

思ったドレスを私が着なかったせいか、メイクはバッチリ施される。鏡を見てから、ここのメイクの濃さで自己主張の激しいドレスだったら最悪だったなと確信した。

ちょっとヒールが高いけど、まぁ許容範囲だろう。

支度の最中にも、お母様に言われたマナーを頭の中でリピートする。

王族に挨拶をする時は、膝を折り、頭を上げていいと言われるまで顔は上げない。話しかけられるまで、声を発してはならない。歩くときはまっすぐ前を見て、背筋を伸ばして胸を張る。顎は出しすぎず、引きすぎず。笑うのは微笑み程度で歯を見せない。食事は食べすぎない……。

ぐるぐると言われたことを反復していたら、お父様が扉の向こうから声をかけてきた。

「ベル、そろそろ行く時間なのだけれど準備はできた？」

「は、はい。お父様」

硬くなりながらも返事をしたら、ゆっくりと扉が開く。

灰色の髪を後ろに撫でつけ、しっかりと正装に身を包んだお父様はいつもより輝いて見えた。

「綺麗じゃないか。そのドレスは自分で？」

「そうです。……変でしょうか？」

お父様はじっと私を見つめて、にっこりと笑った。

「いいや？　ベルらしくていいと思うよ。もう少しおめかしをしてもいいと思うけどね。ベルくらいの歳だったらおしゃれに興味があるものじゃないのかな？」

お父様の言う通り、子どもだったらきっとフリルとかリボンとかキラキラしたものが好きだと思うけど、精神年齢がずれている私には少々キツい。

「わたくしは、ベルがちゃんと自分のことを把握していると思うけれど」

凛とした美しい声が響く。高い声にもかかわらず、重みのある不思議な声。

その声を聞いた瞬間、私の背筋がビシッと伸びた。

「やぁね、ベル。まるで幽霊を見たような顔をして」

「お、お母様……」

腰まである緩やかなアイスグレーの髪に、モデルもビックリな美しいボディ。腰に手を当てて、マーメイドラインの深紅のドレスを揺らす姿はどこぞの女王様である。

キリッと意志の強そうな瞳と真っ赤な唇を見れば、この人が病弱だなんて微塵も思わないだろう。

「お母様もパーティーに？」

「当たり前じゃないの。愛娘の初陣に立ち会うのが母親よ？」

気の強そうなご尊顔とは裏腹にふふふと淑やかに笑う。が、私は思う。お母様は絶対に肉食系女子だ。

「そこらへんの令嬢に負けるんじゃないわよ」

本音はこれである。

お母様はこう見えて信じられないほど口が悪い。いつもは部屋に引きこもって本を読んだり花を愛でたりしているくせに、口を開けば庶民以下の暴言を吐く。

「今日はね、シリィをエスコートできると張りきってたんだよ」

「あらまぁ、ふふふ。パーティーなんて何年ぶりかしら？　胸が踊るわぁ。貴方の元婚約者を断罪して以来？」

「あの時の君は素敵だったよ」

コレがうちの両親。タイバス家の当主と奥方である。

元婚約者だの断罪だの、すでに乙女ゲームが一つ作れそうな修羅場を潜り抜けてきたこの二人。ヒロイン役はもちろんお母様だが、か弱いなんてものではなく、時には剣を握り攻略対象者たちと背中を合わせて戦うような人物だったに違いない。

そしてお父様もいい感じにネジが飛んでいる。

お父様はお母様をそれはそれは愛していて。前世の記憶を思い出してから、お母様にあまり会ったことがなかったと気付いて、もしやお父様は所謂監禁を施す系のヤンデレではないだろうかと疑ったくらいだ。

実際は、お母様の体調管理のためだと知ったのだが、なかなかの偏愛ぶりである。

一度、お父様にお母様のどこが好きかと聞いたら、

『シリィの好きなところ？　全部だけど、強いて言うなら強気な彼女が、私の前でだけ恥じらう瞬間かな？　すごく可愛いんだ』

と宣っていた。

なんだかよく分からないけれど、その時はさすがに鳥肌がたった。お父様に変態の称号をつけるかいまだに悩んでいる。

「お父様、そろそろ……」

今度は可愛らしい子どもの声。

控えめに扉を開いたウィルがそこに立っていた。

「どうだい、ウィル。今日はね、シリィもパーティーに行くんだよ。綺麗じゃないかい？」

「はい。お母様はいつもお美しいです」

「ふふふ、当然よね。今日はウィルも初陣なんだからしっかり使える子を狙い打ちしてくるのよ。侍らせるだけでも品格が上がるわ」

「はい、お母様」

お父様、お母様、ウィルの組み合わせは美男美女に美少年で完璧な家族である。もちろ

ん、ベルティーアも美少女なのだが。

ウィルが私に視線を移した。

「姉様も綺麗ですよ」

「……ありがとう」

あのウィルが⁉ と感動するレベルの完璧な笑顔。王子から直々に仕込まれて、完全な仮面を手に入れたウィル。

胡散くさいあの笑顔を彷彿とさせる我が弟は、確実に王子に毒されている。

「さぁ、そろそろ行こうか」

お父様が手を叩いて出発を促す。

部屋を出る一歩手前でお母様が立ち止まって私をビシッと指差した。

「ベル、ヘマして殿下に見限られるんじゃないわよ。チャンスをドブに捨てるのはグズだけなんだから。死に物ぐるいでしがみつきなさい」

お母様がいい感じに胃に穴を開けてくる。

吐きそうだ。

「善処します……」

もしも王子に婚約破棄されたらどうなるんだろう。勘当も視野に入れておかなければならないかもしれない。

ベルティーアを見たものは誰もいなかったエンドは意外と的を射ている。

「それにあの王子様、絶対イケメンに育つわ。どこぞの馬の骨に掻っ攫われるんじゃないわよ？」

お母様の目がキラリと光る。

私は白目を剝きそうだった。

どこぞの馬の骨ってヒロインのことですかね……。近い将来現れますね。

お母様、プレッシャーを与えるのも程ほどにしてください。

「イケメン？　妬けるなぁ」

「やだ、貴方に敵うわけないじゃない」

イチャイチャラブラブし出した両親を胡乱げに見つめる私と、絶対零度で見つめるウィル。

義両親のバカップル加減に呆れを通り越して最近諦めを覚えたウィルは、黙り込んで無視を決め込んでいる。

家族が揃う夕食の時も基本、こんな感じだ。

「あの、お父様、そろそろ行きませんか？」

「あぁ、本当だ。遅れるのはまずいね。さ、皆馬車に乗って」

お父様がお母様をエスコートして、私とウィルはその後をついていく。私もエスコートしてくれないかな～？　とそわそわしながらウィルを見ると、ものすごい勢いで目をそらされた。悲しい。

馬車の中では普通の家族の会話だった。

お母様も大人しくしているし、何ならすでに外面モードである。

私は緊張でずっとガチガチだし、ウィルもそこはかとなく顔が青白い。

目的地に到着して大きな門を潜ると、美しくライトアップされた王城が現れる。

城の所々に細かく細工された装飾品が光を受けてキラキラと光る。いつもは固く閉じられている扉は全開になっていて、会場まで真っ赤なカーペットが続いていた。分かりやすく言うとシンデレラに出てくるお城だ。

「綺麗……」

ポツリと呟くと隣に立っていたお父様が頷く気配がした。

「いつ見ても夜の城は綺麗だね。惚れ惚れするよ」

ウィルも言葉をなくしてポカンとしていた。

「ベルもウィルも初めての大きなパーティーだ。結構な貴族がいるけど、まぁ実際は殿下たちの誕生日パーティーだから主役は彼らだよ。肩の力を抜いて楽しもうね」

お父様が安心させるように私たちの肩に手を置いてにっこりと微笑んだ。

ウィルと揃って安堵の息を吐く。

さすがお父様。お母様絶賛ラブだけど、こうやって私たちも同じように愛してくれる。

養子であるウィルにも分け隔てなく接する態度は感心してしまうほどだ。

肩の力が抜けて、姿勢が崩れたのか、後ろにいたお母様から背中を軽く叩かれる。

「姿勢」

「はいぃぃ……」

そうだ、腑抜けている場合ではない。このパーティーは第二王子の婚約者である私にとって重要なものなのだ。

王太子にだけは注意して、絡まれないようにしなくては。

それがとんでもないフラグだったと気付くのは、もう少し後のことである。

ダンスホールは、たくさんの人で溢れ返っていた。照明が彼らの装飾品をキラキラと反射して眩しい。まだパーティーは始まっていないようで、皆シャンパンを片手に小さな声で談笑していた。

「ベル」

お父様に名前を呼ばれてハッと我に返る。

緊張からか呼吸がしにくい。

お母様が私の両肩に手を置いて、囁くように呟いた。

「堂々となさい。貴女は今、王族の婚約者なのよ」

恐る恐る前を向けば、ちらほらと視線が自分に向いているのが分かった。

ヒソヒソと何かを囁かれている気配がする。こういうのって基本良いことは言われない。

失神して倒れてしまいたい気持ちに襲われた。

とにかく姿勢を崩さないように意識を集中していたら、あっという間に参加者が揃ったようで、王族が登場する際の音楽が鳴る。美しい音色を合図に、その場にいた貴族全員が綺麗に並んで膝をつき、頭を垂れた。

貴族たちが順に王族への挨拶を終わらせていく度に鼓動が速くなっていく。

数分してようやく私たちに順番が回ってきた。

最初は当主であるお父様が挨拶をする。

「ジーク・タイバスにございます。我が王。本日のご招待、誠に感謝申し上げます。今日の良き日に陛下のご尊顔を拝せ、至極の慶びに存じます」

「面を上げよ。よく来たな、ジーク」

王様の許可が出たお父様は顔を上げられる。

今度は真っ赤なドレスが動いた。

「シルリア・タイバスにございます。我が王」

「面を上げよ。久しぶりだな、シリィ。体調はどうか」

「お心遣い痛み入ります」

お父様もお母様も陛下と親しいようだ。お母様のことは愛称で呼んでいるし。

ふと、ものすごい重圧がかかった気がした。皆の視線が、自分に向いている。

緊張しすぎて、頭が真っ白になりそうだ。

陛下も、王子も待っている。ほかの貴族も、私を見ている。

第二王子の婚約者はどんな顔をしているのか。美しいと噂に聞くタイバス家の娘はどのような者なのか。

一度目を瞑り、軽く息を吐く。――よし。尻込みしていても始まらないので、さっさと腹を括った。今日この日のためにここ数日はお母様の鬼レッスンを受けていたのだから。

お父様にも負けない、腹の底から出した声で。お母様にも負けない、美しく通る声で。

恥をかくことは許されない。家のためにも、婚約者である王子のためにも。

大丈夫。

私になら、できるはず。

「お初にお目にかかります。ベルティーア・タイバスにございます。我が王」

思ったよりも、凛とした声が出た。一番驚いたのは、きっと私。

顔の角度をきっちりと揃え、ギリギリ陛下の顔が見えないように頭を下げる。

「面を上げよ。私の義娘にあたることになるな。我が息子を頼む」

「勿体ないお言葉です」

陛下との会話とも呼べないやり取りを終えて、ほっと胸を撫で下ろす。今度はウィルが緊張しながらも挨拶をしていた。

陛下から許可をもらえたので、もう頭を上げられる。

そう思ってゆっくり顔を上げ、飛び込んできた光景に己の目を疑った。

玉座には緩やかな金髪に緑の瞳をした壮年の男性が堂々と座っている。王子と同じ髪色だ。この方が国王陛下。

隣にいる王妃様は色白で、髪は美しい銀色。真っ赤に色づく唇が妖艶でうっすら微笑んでいるような気もするし、そうじゃない気もする。

その下の段に、恐らく王太子。

金髪に、緑の瞳。配色は王様と変わらず雰囲気も似ている。王子とは正反対の逞しいイケメンだった。

王子が美少年なら、王太子は美丈夫って感じだ。がっしりとしていて、儚さなんて微塵もない。野生的な美しさとでも言えそうな顔つき。

色彩は陛下と同じだが、顔のパーツは王妃様寄りな気がする。

いや、そんなことはどうでもいい。自国の王家だからどうでもよくはないんだけど！

私の視線を釘付けにしたのは、王太子の椅子の後ろ。そこにポツンと控えるように私の婚約者が立っていた。

なぜ彼だけが椅子に座っていないのか。

驚いているのは私とウィルだけで、お父様もお母様も平然としていた。第一王女であるクラウディア殿下はまだ六歳だからパーティーには顔を出さない。王族の女性は十歳になるまで王家主催のパーティーでさえ姿を見せないのが普通である。

つまり、ここには王族が四人のみ。

そのうち三人が着座し、一人だけまるで臣下のように兄の側に控えている。どう考えてもおかしい光景だった。

ウィルが私のドレスの裾を少し握った。

「……姉様。あの、これって？」

「分からないわ。どういうことなの……？」

困惑している私たちに気付いたお父様がこっそりと耳打ちをした。

「王太子殿下とディラン殿下はいつもこうだよ。今日が特別ってわけじゃない」

「で、でも、ディラン殿下は王族ではないですか」

「正直言うと、おかしいことでもない。王族とはいえ弟は兄の臣下に下るものだ。成人を迎えれば側近として将来王となる兄を支えるのが役目。しかも、殿下は側室の子どもだ。異を唱える者はいないだろう」

驚きの事実に目を見張る。

隣で聞いていたウィルも驚いているようだった。

「……ただ、それは建前だよ」

お父様の低くなった声に耳をすませる。

顔を上げて見るとお父様は苦虫を噛み潰したような顔をしていた。

「王族を非難する気はないけれどね、娘の婚約者に対してあんまりだと思うよ。あれは、臣下の立ち位置だ。殿下がいるべき場所じゃない」

お父様はすっと目を眇める。

ちらりと視線を王家に向けるとほかの招待客からまだ挨拶を受けている。この挨拶が終わるまでパーティーは始まらない。もちろん、毎回こんなことをするわけじゃなくて、今回はたまたま王太子の十五歳という節目の年だから、より招待客も多かったようだ。

得意げな王太子の後ろに立っている王子は、その境遇を大して悲観しているような素振りもなく、ただじっと笑みを浮かべていた。

それが、強固な仮面だというのが嫌でも分かる。

私の知っている王子は、あんな笑い方はしない。

「ディラン兄様……」

ウィルが唇を噛んで眉を寄せた。

大好きな王子が蔑ろにされ、それでもなお王太子の側で笑っている様子を見るのが苦しいのだろう。

私だって、見たくない。

王子が王族扱いされない姿なんて。せっかく誕生日は楽しく祝えたのに、幸せや喜びをこんな風に塗り潰してほしくなかった。

「ベルティーア様」

そっと囁かれた自分の名前に思わず辺りを見回す。潜むように立っていたのはシュヴァルツだった。いつもと違って正装をしている。

「シュヴァルツ様」

「このような形で申し訳ありません。このパーティーでディラン殿下の側近は不要と言われまして。本日はリーツィオ侯爵家の長男として出席しております。少しお話ししたいことが」

あまり公では話せないことなのか。

言葉の裏に隠されたメッセージを汲み取り、静かに頷いて会場の端へ移動した。

ウィルはちらりとこちらを見たがついてはこなかった。

「手早くお伝えいたします。ディラン様が、今日は兄上の側につくことになったからエスコートができなくなった。ごめんね。と」

少し動揺したものの、私はなんとか頷いた。

初めての社交場。しかも、婚約者のいる令嬢がエスコートなしだなんて、王子だけではなく私にも嫌がらせしてやがる。あの王太子。

悔しくて唇を噛みしめていると、目の前の少年からも殺気が飛んでいることに気が付いた。

暗い赤目がギラギラと輝き、表情には微かな怒気が滲んでいる。恐らくガチギレしているであろうシュヴァルツを見ていたら、こちらの肩の力が抜けた。

私よりも腹を立ててるな、この人。

「シュヴァルツ様、せっかく麗しい顔をしていらっしゃるのですから、もう少し笑われては？」

私がそう言えば恨めしそうに睨まれる。

これが落ち着いていられるか、という表情だった。

「私のことはお気になさらず。というか、シュヴァルツ様は殿下の方が心配なのでは？」

「そ、そんなことはありませんが……。ベルティーア様も気になられているのでは、と」

図星だったのか、シュヴァルツは分かりやすく狼狽えた。

正直だなぁと内心笑ってしまう。

「大丈夫ですよ。エスコートがないのは寂しいですけど、殿下も不本意でしょうし、何より一番悔しいのはご本人でしょう」

「……そうですね」

「私が落ち込んでいたら、殿下もがっかりしてしまわれます」

ふふふと頬に手を当てて淑女の笑みを溢すと、シュヴァルツは驚いたように目を見開いた後、ふっと目尻を緩ませた。

「ベルティーア様の仰る通りですね」

持ち直したらしいシュヴァルツは、さっきのしかめっ面とは打って変わり、王子と同じように分厚い貴族の仮面を被り直した。

「では、私はこれにて失礼いたします」

しっかりと頭を下げて踵を返したシュヴァルツの背中を見て、詰めていた息をゆっくりと吐く。今は、この伏魔殿を何事もなく乗りきるしかない。

その後は、お父様たちと一緒に色んな貴族と交流をした。

挨拶をするだけで「可愛らしいお嬢様ですね」と言葉をかけられるのだが、その裏には少なからず皮肉が含まれているような気がした。

それに対してお父様がこちらもビックリな鋭い切り返しをするものだから、大抵の貴族は言葉に詰まって苦笑いをする。

貴族の子息令嬢は会場の一か所に集まっていたから顔を合わせずに済んだ。お父様からあそこに行ってみる？　と提案されたが、私もウィルも首を横に振った。

ウィルは人嫌いで人見知りだし、私はただ単に、お前が美しい娘ってなんだよ！　と子どもの純粋な本音を聞きたくなかったからである。

　そんななか、一人だけ私たちと同じように親の側から離れない子どもがいた。

「この子がわたくしの娘なんですの」

　ケバケバしい婦人が前に出したのは、これこそ美しい娘と呼ばれるに相応しい、とてつもなく可愛らしい天使だった。恐ろしい。この世にこれほど美しい少女が存在するなんて。自分が美しいなんて言われててすみません、と土下座したくなるほど目の前の少女は美しかった。

　緩くウェーブを描くバターブロンドの髪。憂いを孕んだように伏せられたばっさばさの睫毛から覗く、チョコレートが溶かされたような瞳と陶器の如く白い肌。おまけに少女は、私が着る予定だったフリッフリなロリータお姫様ファッションを見事に着こなしていた。良かった！　侍女に薦められたドレスを着なくて本当に良かった！

　こんな美少女と比べられるとか恥ずかしすぎる。

　ウィルでさえもその少女に釘付けで頬をうっすら赤くしていた。私がにやりと笑ってウィルを見ると、こちらを見るなと睨まれる。

瞬間、ぞくりと悪寒がして前を向くと、ケバケバしい婦人……恐らく美少女の母親が恐ろしい形相で私を睨んでいた。

それはもう般若なんてものじゃない。

「貴女が美しい娘などと……ええ、確かに可愛いでしょうけど、わたくしのシエルの方がもっと愛らしくてよ。もう少し化粧を厚くした方が良いのではなくて？」

つんっと毒を吐いた婦人の言葉を聞き、人形のように佇んでいた少女が伏せていた瞳を上げ、私を視界に収めた。

う、動いた……!?　あまりにも可愛すぎる！

目が合っただけでハートを撃ち抜かれるほどの威力。

そんな私を背に庇って前に出てきたのは、さっきまで静かな笑みを崩さなかったお母様。

「あらあら、これはこれはロゼア様じゃございませんの。ご無沙汰しておりますわ。貴女のお嬢様、貴女に欠片も似ず、とても愛らしいのね。羨ましい限りですわ」

こちらも平然と毒を吐き、ロゼア様と呼ばれた婦人は額に青筋を浮かべる。

「貴女の減らず口は相変わらずね！」

「貴女の憎まれ口は随分酷くなったわ！」

バチバチと火花を散らす両者は優雅なパーティーには全くそぐわない。

「わたくしの婚約者のジーク様を奪ったこと、決して忘れないわ！」

「あら？　それは貴女の傲慢な態度が原因ではなくて？　それに、今はもう私の夫なのだから、醜い嫉妬はおやめなさいな」

なんと、お父様の元婚約者がこの婦人らしい。ちらりとお父様を盗み見ると、素知らぬ顔でニコニコしている。

図太いと言うのか、女心が分からないと言うのか……。

気にかける素振りとか後ろめたそうな態度くらいしてもいいのに。

そして、私はいまだに美少女から見つめられ続けている。ウィルも美少女を凝視しているし、この場だけ混沌と化していた。

げんなりと体力を根こそぎ取られた気分だった。

王太子に挨拶をしに行く前に、気分が悪いので夜風に当たってくると言えば、お父様もお母様も了承してくれた。お母様はケバケバ婦人とのやり取りを私たちの前で繰り広げたことを多少反省しているようだ。

何はともあれ自然にパーティーを抜け出せたので一安心だ。

迷子にならないようにホールの光の見える範囲で散策することにした。

大きな木の下にあるベンチで休んでいると、木々の向こうにドームのような建物が見えた。見た目からして温室だろう。

花を見て心を落ち着けようかと腰を上げたら、くいっとドレスの裾を引かれた。反射で振り返ると、月明かりに照らされてクリーム色の髪を靡かせた先ほどの美少女が息を切らしてこちらを見ている。

驚いてしばらく見つめ合っていると、おもむろに少女が赤い唇を開いた。

「わたし、シエル」

思ったほど高くはなく、よく通る声だった。

固まっていた私もハッと気を取り直して自己紹介をする。

「わたくしは、ベルティーアよ」

互いの自己紹介を終え、沈黙が訪れると思ったこの空気をシエルが破った。

「貴女に、言いたいことがある」

チョコレート色の瞳がじっと私を見つめた。

なにかしら？　と私は令嬢らしく返答する。

「わたし、貴女のことが嫌い」

衝撃の発言に脳が思考を放棄。彼女が何を言っているのかよく分からない。

「……………え？」

かろうじてふり絞った私の声は酷く小さく、空気のようだった。

それだけ、と言って踵を返したシエルを慌てて引き留める。

「え、ま、待って！　どういうこと？　わたくし、貴女に嫌われるようなことをした覚えはないのですけれど？」

つか、話したのさえ今が初めてなのに。

美少女から発された嫌いの威力は凄まじく、母親同士はああでも、仲良くなれるかなと思っていた分だけダメージも相応だった。

ピタリと止まったシエルは無表情のまま私を見据える。睨みつけるようなその視線に本気で嫌われていると確信した。

「わたし、いつも貴女と比べられる」

「……え？」

誰に？

「お母様は、貴女よりも美しくあれって言う。貴女のお母様と、いつも張り合う。わたしの気も知らないで」

顔は変化しないものの、彼女は確実に怒っていた。己の母親に。

これって私、関係なくない？

「貴女のせいで、こんなことしなくちゃならない。こんな格好、したくない。髪も、伸ばしたくない」

うるうるとチョコレート色の瞳が潤んでいく。今にも溢れ落ちそうで、シエルが震える度にふるりと揺れた。

「………だから、貴女が嫌い。貴女の、せいだから」

「……」

完全な八つ当たりであった。

したくない格好を強要させられるのはさぞストレスが溜まるだろう。しかし、母にぶつけられない怒りを私にぶつけるのは如何なものか。

彼女は私がタイバス家の令嬢ってこと、忘れてるんじゃないでしょうね？

今の私には彼女を咎めて、怒る権利は十分にある。だけど、感情が昂って泣いてしまったか弱い少女を非難する気はさすがに沸いてこない。

ため息をついてから自分のハンカチを目の前の少女に差し出した。

シエルはそれを素直に受け取り、令嬢とは思えないほど音を鳴らして勢いよく鼻をかんだ。この子はもしかしたら、見た目に反して相当ガサツなのかもしれない。

「目上の令嬢に対して暴言を吐くのはおすすめしないわ」

シエルは黙ってハンカチを握りしめていただけだった。今ここで説教をするつもりはないけれど、自分の言動にはもう少し責任を持つべきだ。

目を赤くしたまま俯いてじっとしているシエルに心の中でため息をつく。

友達になりたかったのになぁ……。

「……ごめんなさい」

シエルはそう呟くと、そのまま会場の方に走っていった。令嬢が走ってはダメだろうと思ったのだが、彼女は私に話しかけた時も息を乱していた。

思わぬお転婆美少女に圧倒されながらも、私は苦笑を浮かべる。

邪魔は入ったもののようやく本来の目的である温室の方へと足を向けた。

温室にはたくさんの花が咲き乱れていた。見たことのあるものから、見たことがないものまで。水やりの手間を省くためか、所々に水が引いてある。

温室はガラス張りになっていて、月明かりが照明の代わりになっているようだ。夜ということも相まって、神聖な雰囲気を漂わせている。その明かりを頼りに少し歩いてみることにした……が。

「おい、誰かいるのか」

突然声がしてビクンッと肩が跳ねた。

今度は誰⁉

何も疚しいことなんてしていないのに、悪いことをしている気がしてしまうのはなぜだろう。この人の声に威圧感があるからだろうか。

「答えぬか」

咎めるような静かな声に再び肩を震わせてから慌てて身分を明かした。

「わ、わたくしはタイバス公爵家長女のベルティーア・タイバスにございます」

ここにいるってことは少なくとも不審者ではない。どこかの貴族か、王族か。いや、王族はさすがにないだろう。

「タイバス……。あぁ、あいつの婚約者か」

ざっと砂を踏む音がして相手がこちらに近づいてくるのが分かった。私の後方にいたらしい。

いや、待って。タイバス家と名乗ってこんなに冷静ってことは、私よりも位の高い貴族ってことだ。そんな人物に会ったことがなかったため素直に驚くし、焦る。タイバス家と言ったらだいたいの人が下手に出るはずなのだが。

しかもあいつの婚約者って？　第二王子のことをあいつ呼び。まさか――。

「このちんちくりんが美しいとは。世も末だな」

失礼な台詞と共に月明かりの下に姿を現したのは、キリッと吊り上がった緑の瞳と、金色の美しい髪。手を腰に当て、不機嫌そうに私を睨みつける我が国の王太子。未来の王様。名前は確か……。

ギルヴァルト・ヴェルメリオ。

王子の腹違いの兄で、彼を蔑ろにした張本人。

まずい。なんでこんなところにいるんだ。

緊張から汗が滲んだ手のひらをぎゅっと握る。目の前の王太子は不機嫌そうに眉を寄せた。

「お前はタイバス家の長子だろう。私を前にして、ずっとそこに突っ立っているつもりか」

王太子に指摘され、慌てて膝をつく。

「申し訳ありません。ご無礼をお許しください、王太子殿下」

「ふん」

王太子は偉そうに鼻を鳴らし、じっと私を見てきた。

突き刺すような沈黙が流れる。

「お前、ベルティーアと言ったか」

「は、はい！」

そっとその場を辞そうと腰を浮かせたら、見計らったようにすぐ話しかけられた。

王太子は私に近づいてきているのか、さっきより声が近い。顔を下げているせいで彼がどの程度の距離にいるのかが分からなかった。

「あいつの婚約者が美しい娘などというから、どんな美貌かと思っていたが……。別段、大したことはない」

私はじっと黙っておく。相手も返事を求めているわけではなさそうだ。

罵りに来ただけ？　それなら楽でいいんだけれど。

王子妃に相応しくないと陰で言われているのは知っている。

婚約成立後、殺害予告紛いの手紙が届いたりもしたが、もちろん焼いて灰にしてやった。

「しかし、悪くはない」

下げていた顎をぐいっと持ち上げられる。

王太子の突然の行動に驚いていると、綺麗な顔がにやりと意地悪く歪んだ。

「ベルティーア・タイバス。お前は私の側近の婚約者になると良い」

「……はぁっ⁉」

「これは提案ではない。命令だ」

い、意味が分からない……。

自分の弟の婚約者を自分の臣下の婚約者にって頭おかしいんじゃないの？

「お言葉ですが、王太子殿下。わたくしはディラン殿下の婚約者にございます」

「だからどうした。あいつのものは私のものだ」

どこかで聞いたことのある台詞である。

この人、横暴すぎないか。

「わたくしになど価値はないと思うのですが」

「そうだな、お前に価値はない。私にとっては」

さらに顎を引かれ、顔がくっつきそうな距離になる。顎を引いてみるが、相手の方が強くて難しい。

痛くて思わず顔をしかめると、王太子はくっと喉の奥で笑った。

「聞いたぞ。あいつは大層お前のことを大事にしているそうじゃないか。頻繁にタイバス家へ出向いて。本当に、心底気に食わない」

ぎりぎりと顎というよりもはや頬を掴んでいる王太子を我慢できずに睨みつけた。どうしてそこまで王子を憎んでいるのか分からなかった。

「なぜ、そこまでディラン殿下を忌避するのですか？」

思わず口をついて出てきた疑問に、王太子は邪悪な笑みを崩さない。

「強いて言うなら教育だ」

「教育……？」

「次期国王である私に逆らわないように。私に謀反など起こそうと思わないように。私を超そうなどと姑息なことを考えないように。私の思う通りに動かせるように。お前らのような魔力を持たない者は理解できないだろうが、あいつの力は国を滅ぼしかねない。だから、私が教育してやっているんだ」

じゃあ、今王子にしていることも、すべて教育だと言うのか。

「あいつは、独りでいいんだ。周りにあいつを手懐ける奴が現れてはいけない。あいつを肯定する人物が現れてはいけない。そんな人間が現れディランが執着すれば、王などあってないようなもの。私の言いたいことが、分かるか」

つまり、王子と一緒にいる私が邪魔だと。

正直言うと彼を操れる人間なんて現れないと思うが、それでも危険な芽は摘んでおきたいということだろう。

「そもそも、あいつに婚約者なんていてはならないんだ。あいつの血縁などいらん」

ブツブツと不穏なことを言い出す王太子にドン引きする。

確かに、王太子はきちんと次期国王の教育をされているのだろう。王子と違って自分のことを私と言い、腹違いの弟が自分を脅かす存在であることをちゃんと認識できている。

無意識かもしれないが、王子への恐れもあるように思えた。

聞いていた以上に、王太子は王子に対してコンプレックスがあるらしい。

「悪いことは言わない。あいつから離れろ」

さらに頬に力を入れられ、痛いと声を上げそうになった。

絶対赤くなってる。

私の美しい珠のような肌に傷をつけるなど……許せん！

先ほどよりも鋭く王太子を睨みつければ、意外にも少し動揺したのか手の力が緩んだ。

「王太子殿下。今から申し上げます言葉は一臣下としての意見だとお思いください。要らぬ世話だと思われるのであれば、聞き流してくださって結構です」

この王太子がさらっと聞き流すくらいで済めばいいが。

私の反抗的な態度に、王太子の機嫌が急降下した。空気が張り詰め、ピリピリする。王の素質は十分あるのに、とても勿体ない。

「お言葉ですが、王太子殿下のそのお考えは、あまりにも幼稚すぎます」

「……っ！」

「ディラン殿下が恐ろしいのは分かります。殿下は特に王家のみが受け継ぐ魔法を使いこなせるとか。しかし、その力を恐れていては王など務まりません。臣下を縛りつけておくだけでは、後で痛い目を見るだけです」

政治を知らない私の言葉は生意気だし、綺麗ごとばかりだ。

ならばお前がやってみろ、と罵られるかもしれない。それでも、彼の行いを誰も指摘しないのなら、私が言ってやる。

「奪うだけでは、忠誠など誓えません」

「貴様っ……！」

カッと顔を赤くして王太子が腕を振り上げた。殴られると思い咄嗟に目を瞑る。

「……？」

歯を喰い縛って衝撃に備えるが、思ったような痛みは来ない。恐る恐る目を開けると、腕を振り上げたまま赤い顔でプルプル震えている王太子が見えた。

振り上げていた腕がゆるゆると下がっていき、私の頬を掴んでいた手は力なく離れていく。

しばらく黙ったままの王太子だったが、自分を落ち着かせるように短く息を吐いた。

「……いや、そう、だな。お前は……悪くない」

いきなり改心したような王太子を不審に思っていると、「こんなガキに……」と呟いたから、多分子どもに手を出そうとした自分を戒めているんだなと勝手に解釈した。

「ならば問おう。王には、臣下の声を聞くべき心構えが必要だと思うか？」

ぶつぶつと独り言を呟いていた王太子が突然聞いてきた。

聞いているかどうか分からないほど小さな声だったが、私は間髪入れずに答える。

「思います」

「では……！」

唐突に大声を出しながら私の肩をガシッと掴んだ王太子に驚く。

「では……ディランほどの才がなくとも、私は、王になれると思うか？」

懇願するような緑の目。

王太子って言うほどだから、次の王は貴方しかいないんじゃないの？

──だが、口を開こうとしたその瞬間、私と王太子の間を稲妻のような何かが横切った。

ちょっと間が空いてドオオオンッと花壇が壊れる。何が何だか分からず声も出せない私とは違い、王太子は今までで一番目を吊り上げた。

「兄上、俺の婚約者に何かご用ですか」

爆発音が収まった後に聞こえたのはよく知った声だった。

その場に佇んでいた人物は、王太子と同じ金髪を輝かせ、宝石のような青い瞳をどんよりと曇らせる。

呆然としている私をちらりと一瞥したその表情に背筋が凍った。

まずい。これは、非常に、まずい。

王子には王太子と二人で話すなと言われていた。不可抗力であったとはいえ、最悪である。触れたら切れそうなほど鋭い怒りをあらわにする王子に、喉から掠れた空気が漏れ出た。

「なんだ。お前、いたのか」

「ええ、兄上を探して。確か『私の側近の婚約者になると良い』でしたっけ?」

ニコニコと気味が悪いほどにこやかに笑う王子は色んな意味で怖い。

だが王太子は怖じ気づく様子もなく、淡々と対応する。

「聞いていたのか。趣味が悪い」

「弟の婚約者を唆す兄上に言われたくないです」

私が想像していたよりも王子はにこやかに毒を吐く。

「お前の婚約者をどうしようが私の勝手だろう」

王太子は眉間にシワを寄せ、イライラしているようだった。

「……聞き捨てなりませんね」

ぶわっと突風が吹いて髪が巻き上げられた。

ニコニコの笑顔が嘘のように無表情になって、冷や汗が私の頬を伝う。先ほど王太子の怒気を感じた時でもここまで恐怖は感じなかったのに。

こんなに怒った王子は見たことがない。

殺気なのか魔力なのかは分からないけれど、何らかの圧力がかかっているような重たい空気が漂う。

「ベルを側近の婚約者に？　ふざけるな」

王子の口調が崩れて風も強くなった。

王太子はそれでも驚くことなく不敵に笑っている。

「私に刃向かうのか？」

「貴方は、俺の大切なものをいつも奪っていく」

奪う、というワードに王太子がピクリと反応した。

花が引きちぎれんばかりに揺れる。私が割り込む暇もなく、突風から自分を守るので精一杯だった。

「許さない。俺からベルを奪うなんて許さない」

王子は鋭く王太子を睨みつけ、地を這うような低い声で唸るように言った。

途端、バリンッと凄まじい音がして、温室のガラス張りの窓が砕け散る。驚いて息を飲むが、ガラスの破片は落ちてこない。時が止まったように空中で停止していた。

「……なるほどな。私に刃を向けるとは、随分いい身分になったじゃないか。そんなに婚約者が大切か」

「ええ、もちろんです」

王子がにこりと笑うと、破片の先が王太子に集中する。

これは不敬などでは済まされない。

反逆罪……。王太子の殺人未遂だなんて、良くて投獄。

「殿下！　だめです！」

気付けば叫んでいた。

同じ王族であっても、後ろ盾のない王子を庇う者なんていない。王子の母親はもう亡くなられているし、王子の方が断然不利だ。

ここで人生を棒に振る必要なんてない。それも、私が王太子と会っただけなのに。

「落ち着いてください！　寝惚けてるだけですよね？」

王太子が、はぁ？　と呆れたように私を見たが、そんなことに構っていられない。馬鹿と言われようがアホと言われようが、王子の行動をせめて事故だったと言えるように誤魔化せば、ここにいる三人だけで話は収まる。

「ベルは、ベルは兄上の味方をするの……？」

「……は？」

私の努力も虚しく、王子は冷静な判断ができていない。ガラス片がカチャカチャと不穏な音を立てた。

王子の絶望したような目が私を捉えた瞬間、白い光が王子を襲った。弾き飛ばされて、ガシャンッと物が壊れる音がする。

「殿下！」

派手な音がし、砂煙の立った場所に慌てて駆け寄る。兄弟喧嘩のレベルを超えてるでしょ。

王子の隙をついて攻撃をしたのはきっと王太子。彼を見ると指をポキポキ鳴らして、静かに王子を見ていた。

空中に止まっていたガラス片はそのまま地面に落ちる。

「ディラン、お前は甘い。興奮するといつも周りが見えなくなる。魔力が強いだけで、コントロールはまだ未熟だ。それで私に盾突くなど、私が王族であり王太子であることを忘れたか。この愚か者」

王太子は冷たい言葉で王子を嬲った。

目の前の王子は、花壇の煉瓦で切ったような切り傷が多くあった。

「しっかりしてください！　聞こえますか⁉」

頭から血が流れている。

意識があるのかも分からない。

とりあえずハンカチで止血をしようと思ったが、あの美少女にあげてしまった。仕方なく、ドレスのリボンを煉瓦の破片で切る。

太ももの傷が酷いのでキツく巻きつけた。

「……お前に婚約者など要らぬだろう。だから私の側近の婚約者にしてやると言ったんだ。お前のような落ちこぼれの隣よりもよっぽど需要がある」

王太子の言葉を聞き流しながら王子の怪我の処置をしていると、王子がピクリと動いた。

意識がある！

「殿下！　分かりますか？　でん、かっ……！」

必死に呼んでいると王子の腕が伸びてきて、突然抱きしめられた。王子の匂いに混ざるように香る、血の匂い。

頭にかかった煉瓦の破片が、王子が身動きをする度にパラパラ落ちる。

今、王子は正気じゃない。いつもはもっと賢い選択ができるはずなのに。

「うっ……！」

立ち上がろうとした王子が呻いたので慌てて体を支える。右足を引き摺りながらもなんとか立ち上がった。

にもかかわらず、私を抱きしめる腕の力だけは緩まない。

「殿下、だめです。早く手当てをしないと……」

なんとか胸から顔を上げ、王子に小声で訴える。

じっと前だけを見ていた王子が、こちらを向いた。乱れた金髪から覗いた青い瞳は今までにないほど妖しい光を灯していて、危ない。蛇に睨まれた蛙のように竦んでしまった。

「いいよ、別に。ベルが兄上の味方をしたって、結局俺の婚約者なんだから」

「味方なんてしてません！　よく考えてください。寧ろ殿下のためです！」

すぐに反論したら王子の瞳に少しだけ光が戻った。

強張っていた表情もゆるゆると和らぐ。

「俺の、ため？」

「そうです！　このままじゃ、婚約どころじゃありません。遊べなくなるどころか一生会えなくなるかもしれませんよ！」

王子は投獄で済むかもしれないが、私の命の保障はない。

事実関係がなんであれ、王族が事を荒立てたくなくてタイバス家を悪者にしてしまう可能性だってないわけではないのだ。

そうなれば、お父様もお母様もウィルも害を被る。私がここに鉢合わせたという事実がどれだけ被害を拡大させるか想像ができないから怖いのだ。変に利用されたくない。

「じゃあ、消さなきゃね」

「……え？」

「ベルと会えなくなるなんて、考えられない」

私の肩を抱いたまま、王子が王太子に視線を戻す。

「はっ！　私を消す？　そうなればお前の婚約者一族は確実に処刑だ」

「そう？　なら、俺も一緒に死ぬ。大丈夫だよ、ベル。俺の魔法で痛みもなく殺してあげる」

違う！　王子、違うよ！

想像した未来に涙を浮かべながら、必死に王子の腕の中で首を振る。

「お前の婚約者は死にたくないらしいが？」

「……」

パチパチと体に魔力を纏いながら王太子が嘲笑った。王太子も戦う気満々だ。

王子の顔は前髪で隠れてよく見えない。

嫌な予感がしてぎゅっと力の限り抱きついた。

最後の足掻きだ。私は魔法なんて使えないから、二人を止める術を持たない。

「だめ、です」

すると、一瞬だけ、王子の体の力が抜ける。が、すぐにまた手のひらに魔力を込めた。

「……ベルは、死にたくないよね」

正気に戻ったかと思ったが、そうではなかった。ただただぼんやりと目を眇めて私を見ている。笑顔ではない、悲しげな王子の表情に息が詰まった。

「でも、無理だよ」

顔を歪めた王子が唇を悔しげに噛んだ。

「ベルだけは、あげられそうにない」

最後の言葉は突風と火花のような音でよく聞こえなかった。

これ、もし相討ちになって王太子が勝っちゃったら、王子が死んじゃうよね？　そんでついでに側にいる私も死ぬよね？　あれ？

その可能性に気付いて勢いよく王子を見たら、目が合ってにっこり微笑まれた。その笑みは一体。

激しい突風が吹き荒れ、バチバチと電気の弾けるような音が響く中、悲鳴を上げる間もなく、王子の手が振り上げられた。

「だめなの！」

突如(とつじょ)可愛らしい声が、ガラスのなくなった温室によく響いた。

「喧嘩(けんか)は、めっ！」

目に刺さる閃光(せんこう)のせいで声の主が分からない。なんとか見ようと目を凝(こ)らすが、激しい光に目が眩む。

「喧嘩はめっ、なの！」

恐らく少女であろう高い声が聞こえた瞬間、風が止(や)み、閃光が消えた。荒れきった温室でプラチナブロンドの髪を靡かせながら立っていたのは幼女。

王太子も王子も驚いたように目を見開いて幼女を凝視している。特に王太子は若干(じゃっかん)青ざめていた。

「お前……！　こんなところで何をしているんだ！」

「お花を見に来たの！　暇なんだもん！」

むぅっと可愛らしく頬を膨らませる幼女は誰かに似ている気がする。プラチナブロンドって確か王妃様？　王妃ってことは、クラウディア王女⁉

思わぬ人物の登場にその場の誰もが驚いている。

なにはともあれ、魔法で死ぬことは免(まぬが)れた。ほっと安心していると王女は勢いよく方向転換して私たちを睨んだ。

「あなた！　わたくしのお花をぐちゃぐちゃにして！」

ビシッとクラウディア王女が指を差したのは王子だった。

ちらりと王子を見て、私は短く悲鳴を上げてしまう。王子はクラウディア王女を塵でも見るような蔑む目で見据えていたのだ。

殺気も交えたその雰囲気に王女は後退りし、うるっと瞳を潤ませる。しかし果敢にも王太子の前に出て両手を広げた。

「ギ、ギルお兄様をいじめちゃ、だめなのっ！」

プルプルと震えて兄を守ろうとする姿に場違いにもキュンとする。さすがにこれには王子も気を削がれたようで、舌打ちをして魔力を纏わせていた手を下ろした。

「クラウディア、どけ。私はこいつと決着をつける。ディランが私に反発するのならこちらから消すまでだ」

「お兄様もわたくしのかだんを壊したのね！　ひどいわ！　頑張って育てたお花があったのに！」

王太子の言葉に被せるようにして王女が叫んだ。王太子も言葉に詰まり、ため息をもらす。

妹パワーがすごすぎる。

「……もう一度言う。クラウディア、帰れ」

「やっ！　暇なのー！」

いやいやと首を振って王太子に抱きつく王女様。王太子でも妹の我が儘にはお手上げらしく、やれやれといった風に王女を抱き上げ、鋭い眼光で王子を睨んだ。

「今日は邪魔が入ったから見逃してやる」

前世で聞いたことがあるような典型的な捨て台詞を吐く王太子に思わず噴き出しそうになった。この台詞のせいで一気に小物感が出てしまうのは致し方ないと思う。

「……だが、」

王太子の視線が私に移る。思わずびくりと体を縮ませた。

心の中で笑ったのバレた……？

「ベルティーア・タイバス。お前には処分が下るだろう」

「……っ⁉」

青ざめ、開いた口が塞がらないでいると、王子が小さく囁いた。

「大丈夫。ベルに危害を加える奴は俺が消してあげる」

いや、それ何も大丈夫じゃないから！

どこまでもずれた今日の王子にはついていけない。

「しかし、……まぁ、私の一存で助けてやらなくもない」

王太子の思わぬ助け船に勢いよく顔を上げる。

王子がまた殺気立った。

王太子は呆れたように肩を竦める。

「ディランとの婚約解消もいいんだがな。それじゃあ、不当だろう。ベルティーア・タイバス。さっきの答えを聞かせてくれ。そうすれば、今回のことは不問にしてやる」

王太子が真剣な表情で私をじっと見た。

さっきの答えってなんだろう……？

生き残れる唯一の方法で、ここでしくじることは許されない。必死に記憶を漁っていると、王子が来る前に肩を掴まれ、すごい形相で迫られたことを思い出した。

『私は、王になれると思うか？』

「思います」

私の即答に王太子は目を見開き、王子は私の肩を強く握った。そろそろ肩に指が食い込みそうなんですけど。

「なぜ、そう思う」

「素質があると思いました。人を従わせるような覇気も、ついていきたくなるようなカリスマ性もお持ちです。少なくとも、私はそう思いました」

王になるべき人だ、とまでは言わなかったが、言いたいことは伝わったのか、王太子の唇が震える。

「もう一つ、聞いてもいいか」

「なんなりと」

王太子にしては下手な言葉遣いに少し瞠目する。本来は真面目な性格なのかもしれない。

ただ、やり方がおかしいだけで。もちろん、王子にしたことを許すわけではないが。

「私に無礼をはたらけば、お前はただでは済まぬだろう。それが分からぬほど馬鹿ではあるまい。なのに、なぜ私に進言した……？」

心底不思議で不可解だというように王太子が眉間にシワを寄せて私を睨むように見る。

「そんなの、簡単ですよ」

あっけらかんと言うと、王太子はますます眉間のシワを深くし、王子には関節が外れるんじゃないかと思うほど肩を握られた。

「王太子殿下は将来君主になる方でしょう。そうなれば、私は貴方の臣下になります。臣下とは、主に意見を申し上げ、主の手となり足となる身。少しでも殿下の助けになるよう、先ほどは失礼を承知で愚考を申し上げました」

私の言葉に王太子は毒気を抜かれたようにため息をついた。

「……それだけか。それだけの動機で……私に進言したのか」

「はい」

「……お前は、馬鹿なんだな」

「そう思われても仕方ありません。先ほどの無礼の数々、お許しください」

膝をついて誠意を示し、少しでもわだかまりを解消したい。

なのに、王子が邪魔をする。跪こうとする私と、それを阻止する王子との間に見えない攻防が繰り広げられていることを王太子は知らない。

「もういい。分かった。ベルティーア・タイバス、お前の進言は王太子として受け止めよう。ディラン、お前は自分の婚約者に感謝するんだな」

そう言って王太子は若干口角を上げた。初めて彼の嘲り以外の笑顔を見た気がする。

しかし、それもすぐにしかめっ面に戻り、腕の中で眠ってしまった王女を抱え直して温室から消えていった。

「は、はぁぁ」

緊張の糸が切れて体が弛緩する。

王子が体を支えてくれていなかったら確実にへたり込んでいた。

「ベルは、すごいね」

それまで何も喋らなかった王子が口を開く。殺気立った様子もなく、先ほどとは打って代わっていつもの声色。ちらりと王子を見上げると、微笑んで私を見ていた。

ああ、普段の王子だ。

笑っているし、声も優しい。

「兄上を上手く丸め込むなんて、なかなかできないよ。さすが、俺の婚約者だ」

にっこりと私に笑いかける姿はいつもと変わらない。淀んだ瞳も今は宝石の輝きを取り戻している。

……なのに、こんなに違和感を抱くのはなんでだろう。

「ごめんね。ベルまで巻き込んじゃって。兄上とはよく喧嘩するんだけど、今回は俺が仕掛けちゃった」

よく喧嘩するなんて嘘だ。

王太子の表情はほとんど変わらなかったけど、確かに動揺していた。王子の反撃は、きっと王太子にとっては予想外だったんだ。

いつもなら、ここで私は怒る。「なんであんなことしたんですか!」って遠慮なく言っちゃう。だけど、今の王子にはできない。なんだか、怖かった。

恐る恐る王子と目を合わせて、そこでようやく違和感の正体に気が付いた。宝石のように輝いていると思っていた王子の瞳には、何の感情も映っていないのだ。怒りも悲しみも感じ取れない瞳はガラス玉のように美しく冷たい。

静かに首を絞められているような恐ろしい感覚に、指先が震えた。

「ねぇ、人ってどうやったら歩けなくなると思う?」

「え？」

突然の問いかけに思わず瞬いた。王子は私のその反応に目を細める。

「ど、どうしたんですか。急に」

肩に置かれた王子の手に力がこもり、戸惑いから視線を彷徨（さまよ）わせる私を自分の胸に抱え込んだ。

まだ身長差があるとは言えなくて、王子の顔がちょうど私の耳あたりに来る。遠慮なく髪の下に手を入れられ、きつく抱きしめられた。

「ベルの匂いだ……」

「え？」

寂しいのだろうか。今になって怖くなったのだろうか。

よく分からないけれど、抱きしめてくるから、抱きしめ返してほしいのかもしれない。

私も真似をするように腕を回すと、王子は嬉しそうに喉を鳴らして笑った。

「ひどいよね。俺からベルを奪おうとするなんて」

ぽつりと呟かれた言葉にどう返せばいいか分からず、小さく頷くだけに留（とど）めた。

「誰も、分かっていないんだ。俺がどれだけ……」

王子の言葉はそれ以上続かず、ぐっと耐（た）えるように口を結んだ。

「ベルと、どうしたらずっといられるのかな」

「結婚したら……じゃないですか？」

「……そうだね。でも、それじゃあ、足りないと思わない？」

王子の質問が理解できずに首を傾げる。

背中に回された腕が緩んだので体を離し、王子を見れば、私を見つめる彼の儚い表情に釘付けになった。

魔法でもかかったように、魅入ってしまう。

「俺、いつも考えるんだ。どうしたらずっと一緒にいられるかなって。さっき思いついたことがあるんだけどね……？」

にっこり、王子が微笑む。誰の話も受けつけない、そんな笑顔だった。

足をからめとられてしまいそうな感覚に陥る。反射的に後退した私を離さないように手を握りしめられた。

「絶対に、逃がさないよ」

私の髪を一房手に取り、口付けた王子が青い瞳で上目遣いに私を見る。ゾワッと言いようのない悪寒が背筋を駆け上がった。

そして、後悔する。約束を破って、王太子と会話してしまったことに。

王子はそれを怒っていて、私を許していないのだ。

「姉様ー！」

遠くからウィルの声が聞こえてハッと王子の表情が変わった。残念そうに髪を離し、私の手を握りつつ空いた腕を振る。

するとと割れていたガラスが枠にはまっていくように直り、壊れた花壇も元通りになった。王子の魔法だ。

花はさすがに元通りとはいかなかったけど、ほかは全部来た時と変わらずに配置してある。

そしてパチンッと指を鳴らせば空間が若干歪んだ。

「念のために防音の結界を温室全体にかけていたんだ。王女には効かなかったみたいだけどね」

王子は目を伏せ、名残惜しそうに手を離した。どこか触れ合っていたいみたいだ。

ウィルの声が近くなる。

王子はそっと私の頬を撫でた。いつものように頬にキスをすることなく私に背を向ける。

「じゃあね、ベル」

「待って！」

止める暇もなく王子は暗闇に紛れて消えた。

幕間――――愛情失調症

ベルは、可愛い女の子だった。

それはもちろん外見もあったけれど、何より俺は口を開けてけらけらと屈託なく笑う彼女が好きだった。

ベルと婚約してから、王宮にいては過ごせない日々をたくさん過ごした。

それはもう、疑いようがないほど楽しくて、幸せだったと思う。

『私と、友達になってくれませんか？』

庭を案内しながらベルが突然言い出したのはそんな言葉だった。ベルは同情じゃないなんて言っていたけれど、彼女の目には明らかに哀れみの色が浮かんでいたと思う。

人助けなんてそんなもんだと思うし、慈悲なんて傲慢さの延長でしかない。

人間は、無意味なことなどしない。利益がある時しか行動できない生き物だ。

だから、ベルにとって俺を救おうとした行為は、きっと彼女の良心を守るためだったのだろう。

同情してないなんて、嘘ばっかり。

冷めた気持ちでベルを見て、あえて傷つける言葉を吐いてしまったことだけは、少し反省したけれど、後悔はしなかった。それに、あんまりにもベルが必死に俺を懐柔しようとするのが面白くて、この茶番に乗ってやってもいいか、なんて打算の上で仲良くした。

適当に乗っかった船は思ったよりも心地がよくて、気付けば一緒にゲームをして、シュヴァルツまで巻き込んで。生まれて初めて、自分の世界を感じた気がした。ベルと俺とシュヴァルツと、後からウィルも来て四人で遊んだ秘密基地。俺らの小さな幸せの国。

ベルは俺が何を言っても許してくれた。俺の機嫌を敏感に感じ取って先回りする。俺を刺激しないように神経を尖らせる。ちらちらとこちらを見て、俺が笑うと嬉しそうにほっとする。

それは俺の失ったはずの優越感を鳥の羽で擽るようだった。

ベルは俺の後を必ずついてきた。ちょっと突き放したら必死に追いかけてきて、笑顔を見せれば安心したように笑う。

恋に擬似した優越感。

好きだなぁと思った。こんなに人に求められ、認識され、許されることが嬉しいなんて、幸せだなんて知らなかった。ベルを独り占めできているような気になって、ベルの唯一になれたと自惚れていた。

王宮は窮屈で、部屋に結界を張りいつも息を殺しているけれど、ここに来れば楽園がある。

誰も俺を否定しない。誰も俺を忌避しない。

泣きそうなほど幸福で夢かと思う。

話す度にベルが笑い、彼女の匂いが胸を満たす。

ベルは俺の幸福の象徴だ。陽だまりみたいな彼女は、いつも俺の側にいる。

そんな気持ちが日に日に大きくなり、優越感はいつしか本物の恋に変わった。

好きって叫びたくなるほど恋しくて、思い焦がれる。明日も会えるのに、別れが惜しい。

だから、本当に、俺、ベルのことが好きなんだよ。

虚飾も何もなくて、本当に。心から君を想えた。

だけど、彼女を想えば想うだけ、怖くなった。

いつか離れていってしまうんじゃないか、と。

そしたら、俺はどうしたらいい？　置いていかれたら、どうすればいい？

もう、失いたくなかった。王宮では奪われ続けて、これ以上大切なものを失くしたくない。君が誰かのものになってしまうと思うと耐えられない。

不安で不安で仕方がないのに、ベルは俺を安心させてはくれなかった。

ベルのせいじゃないことはもちろん理解している。

だって兄上は王太子だ。話しかけられて無視するなんてそんなことできない。

分かっていたけど途端に暗闇に放り込まれたような、背後に迫る……いや、背中に這ってくる、この感じ。俺はこの感覚を知っている。失望の、前兆だ。

話さないで。触らないで。

俺の、俺の、宝物。

奪わないで。

気が付けば、正気じゃないような行動に出ていた。ベルを取り戻さなくてはならない。

ただその一心だった。

抵抗しないと、また奪われちゃうから。

ベルをしばらく腕に抱いていると、だんだんといつもの意識が浮上した。

ベルを危険に晒したりして、俺は一体何しているんだろう。

兄上の射抜くような視線が心に刺さる。

「ディラン、お前は自分の婚約者に感謝するんだな」

兄上の言葉にヒヤリとした。

息を飲むと、ふとベルの体が弛緩し、慌てて抱き止める。安心したように胸を撫で下ろす様子を見て、また憤激がぶり返した。

俺がどれほど動揺したか知らないくせに。

ベルが悪いわけじゃないのに、どうしても怒りの矛先がベルに向いてしまう。

こんな乱暴な気持ちを、恋と呼んでいいわけがない。

過去に囚われ、苦しみ藻掻いている自分が一番嫌いだ。見苦しくて、汚くて、消してしまいたい。なのに、ベルを失いたくはない。自分勝手で傲慢だ。

だけど、それでも、好きなんだ。

愛しくて、恋しくて仕方がない。

君が突き放してくれれば、今度こそ本当に死ねるのに。

この世に失望して死ねるのに、君が俺を捨てないから。気にかけてくれるから、認めてくれるから、生まれてきてくれてありがとうって言うから、ベルが俺のすべてになる。

君に愛されたいと願っていながら、醜い本性を隠し続ける俺は、このまま君の隣にいられるだろうか。

衝動的に、感情の赴くままにベルを愛して、そして愛されたい。

ベルが、隣にいてくれればそれでいい。俺を見てくれたら、それでいい。

俺とベルの関係を揺るがす者は、誰であっても容赦はしない。邪魔な奴は消えてしまえばいい。君が側にいないなんて耐えられない。嫌だ、嫌だ、嫌だ嫌だ嫌だ嫌だ。

大事に、大事にしなくちゃ。大切なものは囲って、隠して、誰にも取られないように。

幸せにするから、君を囲いたい。

愛し続けるから、君を攫いたい。

なんでもするから、俺を愛してほしい。

「ベルと、どうしたらずっといられるのかな」

俺のすべてを受け入れて、愛して。馬鹿みたいに汚い執着なんて知らずに、俺の唯一の家族になってよ。俺と結婚して、子どもを産んで、俺たちだけの箱庭で、この腐った世界を一緒に生きよう。死んで骨になっても同じ土の下で魂まで共に。


大好きな、愛しいベルティーア。

これから時間をかけてゆっくり君を囲っていこう。気が付いた時にはもう君の逃げ場がないように。君が俺だけを想って、俺だけのために微笑むと思うとゾクゾクする。

頭の中は、君のことでいっぱいで。

君を思えば胸が切なくなる。

会いたくて、会いたくてたまらない。

独り占めしたい。離したくない。誰にも見られたくない。触れられたくない。愛したい。

愛されたい。

優しく、優しく大事にしたいけど、俺の手で壊してしまいたくもある。
君の欲しいものはすべて俺が与えてあげる。
君が望むなら世界を焼こう。君が死んだら俺も死のう。
逃がさない。俺から逃げるなんて許さない。
あぁ、君を、どうしようもなく――愛している。

気が付けば誕生パーティーの日から約一週間が過ぎていた。

「はぁ……」

何度目か分からないため息をつく。

ベッドの上で仰向けになって天井を眺めていると、またパーティーの日の王子を思い出してしまった。もしかしたら、王子はもううちに来ないつもりかもしれない。

無防備に外に出て、王太子に会ってしまった婚約者に王子は本気で呆れ、怒っていた。

否、だがしかし。

弁解の余地があっても良かったんじゃないかと今さらだが思う。

普通あんなところに王太子がいるなんて思わないし、私だって無視できるものならしていた。だけど、どうしてもこの世界には地位が存在する。

私だって没落するわけにはいかない。

「……あぁ、なるほど」

不意にピンときた。

もしかしたら、これがゲーム世界の強制力とでも言うべきものなのか。ベルティーアはこうやって嫌われていくのだろう。なんて理不尽な世界なんだ。

せっかく王子と仲良くなれたのにすべてが水の泡だなんて悲しすぎる。王子だって楽しかったはずだ。シュヴァルツとウィルと私と、四人で遊んだあの日々に偽りはなかった。王子も心から笑ってくれていると、確かに感じていた。

大層なことを願ったわけじゃない。

今をただ楽しく生きようと、四人で子どもらしく遊んだだけだ。学園に入ってヒロインが現れたら私はきちんと身を引く予定だった。それでお母様に激怒されても、お父様に泣かれても、王子の幸せだからと身を挺して彼を応援するはずだったのに。

そしてあわよくば私は将来騎士となるアスワド様に恋をするつもりだった。本当だ。王子に対する下心なんて今まで微塵も持ったことなどない。

友達以上、恋人未満。そんな関係だったと思う。というか、精神年齢が成人している私にしてみれば、小学生を恋愛対象として見られるかと言ったら大変微妙なのである。

このままでは良くないと思って、王子と仲直りをするために行動を起こそうとしたが、王子は今絶賛風邪を引いているらしく、お見舞いも拒否された。

これはさすがに堪えた。

「姉様」

コンコンと優しいノックの音がして、次いでウィルの声が聞こえた。

そういえば、ウィルは最近恋をしたらしい。

こっちは人間関係で悩んでいるというのに、マセた奴め。

私はベッドから起き上がって軽く身なりを整えて扉を開けた。

「ウィル？ どうしたの？」

「ディラン兄様が」

「殿下がどうかしたの？」

ウィルは、私をちらりと見てから残念そうに肩を落とした。

「なんでそんなに髪がボサボサなわけ？」

「さっきまで横になってたのよ」

「ディラン兄様が来てるけど……」

「……は⁉」

何拍か置いて思わず叫んでしまった。

ウィルに慌てて口を塞がれてようやく我に返る。

「どど、どうしよう！ 身支度もなにもしてない！」

「だから言ったじゃないか！ 家にいる間も少しは淑女らしくしたらどうだって！ 大体、

シエルはそんなはしたない真似、絶対しない！」

「貴方の初恋相手の話はいいの！　待たせるのは悪いかしら？　ここは居留守を使うべき？」

「居留守だって？　馬鹿じゃないの⁉　オレが殺されるって！」

二人でヒソヒソと言い合いをしている間にも、時間は過ぎていく。

「とにかく、今から十分で支度しろ！」

「無理よ！　女の子にはすることがたくさんあるのよ⁉」

なんとか櫛で髪を梳きながらくるくるの天然パーマを鎮めていく。

「くっ！　このしつこい天然パーマ……！」

「分かる分かる。オレも毎朝大変だもん」

「呑気に見てないで侍女を呼んで、ウィルは殿下のお相手をしてて！」

一人でできることは最低限やっておく。

前世の日本なら大声で妹とか弟を呼んでいたけど、今はそんなことできるはずもない。玄関にいるであろう王子に聞こえてしまう。

慌てて駆けてきた侍女たちに支度を手伝ってもらい、小走りになりながらも階段を下りて客間の扉の前まで行くと、中でウィルと王子が談笑しているのが聞こえた。

「いきなり来て悪かったね。ベルは全然支度してなかったみたいだけど」

「淑女としてあり得ませんよね。部屋から出てきた時は髪がボサボサでしたから」

「へぇ、ベルが？　珍しい。見てみたかったな」

「お目汚しにしかなりませんよ」

ウィルと王子の会話を聞いてギリギリと一人で唇を噛んだ。

ウィルの奴、覚えていなさいよ！

内心毒づきながらも客間の扉をノックして開き、二人の視線がこちらに向いたのを確認してから丁寧にお辞儀をする。

「ようこそ我が家へお出でくださいました」

これはいつも言うお決まりの挨拶。

王子も手を上げて頷いた。

「いきなり来てごめんね」

「いいえ、大丈夫です」

ふわりと笑った王子につられて私も微笑みを返す。

なんだろう。いつもと変わらない優しい笑顔のはずなんだけど、目が笑ってない？

いや、そんなことはないか。

ひとまずは王子がもう怒っていなさそうなことに安心した。

「殿下、先日のご無礼をお許しください」

私はもう一度頭を下げて誕生日パーティーでの過ちを謝罪する。

王子は少し困惑した雰囲気を出したが、しばらくして思い出したようにあぁ、と呟いた。

「あのことか。いやいや、俺こそ巻き込んでごめんね。実はあの後魔力不足で倒れちゃって……。本当、恥ずかしい限りなんだけど」

へらっと笑った王子に私はほっと胸を撫で下ろす。良かった。本当に怒っていないようだ。

そして、そのまましばらくお互い見つめ合う。あれ、と私は内心首を傾げた。いつもならここで恒例の挨拶をするところなんだけど。

王子は私を見ているだけで、頰に触れたりしない。もしかして、やっぱりまだ怒ってる？

おろおろと視線を動かして、王子がいつも私にする仕草を真似するように、私から王子の頰に触れ、軽くキスをした。

王子は予想外だったようで、目を見開く。

私からするのは初めてだったけど、ここでいつもしていた挨拶をやめるのは嫌だった。

「……その、いつもの挨拶を……」

恐る恐る王子を見れば、彼の表情は喜びに染まっていた。

「あぁ、刷り込んだかいがあったよ」

「え、刷り込む？」

「こっちの話」

王子は私の頬にキスをして、にこにこと上機嫌に笑う。なんだか嬉しそうなので、やって良かったと安心する。

さっきまでは楽しそうに談笑していたはずのウィルは私たちの挨拶を見て意識を飛ばしたように目のハイライトを消すが、一体どうしたというのだろう。

最後に頭を柔らかく撫でられ、ソファーに座るように促される。

「もうすぐ本格的に国王陛下の補佐の仕事を覚えなきゃいけないから、ここに通う日も減ると思う。宰相にも付き合ってもらうからあまり遊んでいられないんだ。今日はそれを伝えたくて来たんだよ」

「え、いらっしゃれなくなるんですか？」

思わず顔を上げて王子を見ると、王子は目を細めて優しく私を見ていた。

「ちゃんと三か月に一度は来るつもりだから」

「じゃあ、その時はまた遊べますね」

私が喜びのまま言うと、王子も擽ったそうに頷いた。

「ベルも、王子妃教育が始まるだろうから頑張ってね」

「うっ……」

つい顔をしかめると、ウィルからため息をつかれた。対して目の前の王子は申し訳なさそうに眉を下げる。

「王子妃教育は嫌だって前も言ってたもんね」

「嫌ではないのですが……。教師がスパルタなもので」

教師はもちろん母である。

あの怖すぎる鬼と毎日レッスンなんて、ストレスと恐怖で胃痛がしそうだ。

大方見当がついたのか王子も曖昧に笑うだけだった。ウィルは身に覚えがあるらしく、ぶるりと身を縮ませる。

最近は王子自身も忙しいようで、この日は遊ばず帰ることになった。本当にパーティーの日のことがなかったかのようにいつも通りだ。

王子が部屋を出て、ウィルがその後に続く。私も見送ろうと玄関に向かうと、突然声をかけられた。

「ベルティーア様」

さっきから一言も喋らず影のように佇んでいたシュヴァルツだった。なんだか不気味だとは思ってたのよね。

誕生パーティーの日のことを怒られるのだろうなと見当はついている。

「……はい」

「やけに反応が遅いですね。何か疚しいことでも？」

「……なんのことでしょう」

おほほと淑女の笑みを湛えて感情を押し殺すが、シュヴァルツは怒った様子もなくただじっと私を見る。

「王太子殿下にお会いしたらしいじゃないですか」

「……ええ、まぁ、そうですね」

忙しなく目を泳がせていると、コツリと靴を鳴らしてシュヴァルツが近づいてきた。

「一生ディラン様のために生きてくださいって言いましたよね」

「……了承した覚えはないのですけれど」

シュヴァルツは深い深いため息をついてからその赤黒い瞳に私を映した。

「貴女は、本当に、ディラン様のことを何一つ理解できていない」

シュヴァルツの言葉に心臓が大きく波打った。思わず目の前の彼を見つめる。

血のような瞳が私を鏡のように映していた。

「僕が言えたことではないですし、ディラン様を自分が一番理解できているなんて身のほど知らずなことを言うつもりもないです。ですが、一つだけ確実に断言できるのは、ディラン様は弱い方だということです」

「弱い？」

「物理的なことじゃないですよ。精神的な話です。類い稀なる魔力を有する代償であるかのように、ディラン様は人よりずっと繊細で脆いんです。貴女が想像するよりずっとね」

シュヴァルツから告げられた内容に、私は上手く反応することができなかった。

ただ、酷い思い違いをしていたことだけは分かった。

私はあの日、王子を怒らせたのではない。——傷つけたのだ。

「忠告ですが、足の腱は大事にしておいた方が身のためだと思います」

「……え？」

言いたいことは言ったとばかりにシュヴァルツは踵を返して玄関に向かう。

「え、意味が分からないです！」

「ただの忠告ですから」

「怖い！　もしかして暗殺の予告とか来てるんですか⁉」

私の悲鳴を無視してシュヴァルツは玄関にいる王子の側に戻る。

「シュヴァルツ遅いぞ」

「申し訳ありません。ベルティーア様と少しお話をしていました」

王子はシュヴァルツの言葉に軽く相槌を打ち、「じゃあね」といつものように私と挨拶を交わして去っていった。

王子たちを玄関先で見送って家へ戻ると、仁王立ちした母が私たちを待ち構えていた。

「わたくしの可愛いベルティーア。何か言うことがあるのではなくて？」

腕を組み、笑いもせずに私を睨みつけるお母様はいつものお淑やかな皮を破り捨て、もはや鬼と化していた。

私は訳が分からなくて目を白黒させる。助けを求めてウィルを見るが、ウィルも困惑しているようだった。

「わたくしが何について怒っているのか、分からないようね」

お母様はますます負のオーラを纏ってキッと私たちを睨んだ。二人してひぃっと体を縮こませる。なぜこうも次々と胃が痛くなるような案件が舞い込んでくるのだろう。げんなりした私の心を読み取ったのか、母は苛ついたように扇子をパチリと閉じた。

「ベルティーア。貴女には第二王子殿下の婚約者であるという自覚があるのかしら？」

お母様が私を愛称で呼ばないのは本気で怒っている時だ。そこでやっと思い当たった。

王子の突然の訪問に無様にもドタバタしてしまった私を母は叱責しているのだ。

さっと頭を下げて母の怒りが静まるのを先決する。

「申し訳ありません」

「謝罪は結構。わたくしにしたところで何になりますの？」

厳しい言葉に私はぐうの音も出ず顔を引き攣らせる。

「素直に謝れるのは貴女のいいところだわ。だけど、将来人の上に立つ貴女が誰彼構わず謝るのは大変不格好で見苦しい」

お母様の教師モード全開だ。荒い言葉遣いは鳴りを潜め、淡々と説教をされる。

「顔を上げなさい。ベルティーア」

威厳のある声で言われて、すぐに直立不動になった。

ウィルの顔は目に見えるほど真っ青で、きっと私も同じ顔色をしている。しかし子どもの涙を見た程度で止まるような母ではない。

「いずれ王子妃になる貴女には、普通の令嬢よりも高い格式が求められるわ。我らの主である王族に嫁ぐということは、この国の手本となるべき人物になるということだからよ」

「はい。お母様」

「そんな貴女が予定がないからとダラダラ過ごし、婚約者であり、王族である殿下に失態を晒すとは笑止千万。貴女は殿下に甘えすぎだわ」

「……申し訳ありません」

図星すぎて項垂れることしかできない。

どれだけ優しく、どれだけ不敬を咎めない王子だって、正統な王家の人間なのだ。そのことを忘れてはいけなかった。

「それに、貴女の失態で恥をかくのは貴女だけではないわ。タイバス家も格式を疑われるし、果ては殿下の不名誉にも繋がるでしょう」

「……っ！」

王子の不名誉にも。血の気が引いて、思わず勢いよく顔を上げた。

お母様は依然として冷たい視線を私に向ける。

「殿下が王宮で立場が弱いことは、貴女も先日痛感したはずよ」

パチンッと一際大きく扇子を閉じる音がする。

「自分の行動には常に責任が伴うと肝に銘じなさい。上に立つ者が持つべき権利とその代償よ」

私たちは貴族だ。民の上に立つ地位にいるのだから、言葉を選び、常に適切な行動をとらなくてはならない。私たちの言葉と行動にはそれだけの重みがある。

今さらながらに自分の失敗を自覚し、立場の重さを知った気がした。

「ウィル、貴方もよ」

ずっと私に向いていた矛先がようやくウィルに向いた。突然名前を呼ばれてウィルはびくりと肩を揺らす。

「いいえ、次期当主たる貴方こそ言動には気をつけた方がいいのかもしれないわね。歴史ある高潔なタイバス家の未来と名誉が懸かっているのですもの」

「……はい」

ウィルに対する説教も長々と続き、足が疲れてきた頃ようやくお母様の話が終わった。

「そろそろ本格的な教養を身につける良い時期です。ベルティーアは王子妃教育を始め、ウィルも同様に次期当主教育を受けさせます」

お母様の吊り目がさらに吊り上がり、どよーんと項垂れている私たちを見下ろす。

「良いですか、貴族の自覚というものは……」

「シリィ！」

お母様の説教がさらに長引きそうになったその時。救世主は現れた。二階から焦ったような顔でお母様を呼ぶお父様。

「今日は診察の日だと言っただろう。部屋から出ちゃだめじゃないか！」

「……ジーク」

お母様が途端に悪戯が見つかった子どもみたいな表情をした。お父様は階段から下り、お母様の腰にさっと腕を回して連行する。

「さ、部屋に戻って。もう出ちゃ駄目だからね」

「……」

お父様に言われてはお母様も反論できないのか、諦めるようにため息をついて私たちを一瞥する。

「……明日からビシバシしごいてあげるから覚悟なさい」

きっちり私たちに釘を刺してからお母様は部屋に戻っていった。

玄関に取り残されたまま、私とウィルは動けない。お母様に怒られた後はこうやって砕け散ってしまうのだ。

「ベル、ウィル」

黙って突っ立ったままの私たちを、お母様の部屋から出てきたお父様が呼んだ。

階段を下りてきて、私たちの前で屈む。

「はは、怒られちゃったな」

お父様はそう言って私とウィルの頭を優しく撫でる。そして愛おしそうに目を細めた。

「シリィは言い方はキツいが、お前たちのことを思って言ってくれているんだよ。ああ見えて昔はふわふわした頭からっぽのお嬢様だったんだ」

ふわふわした頭からっぽのお嬢様？

お母様も昔はそんな子どもだったなんて！　という意外性よりもお父様のさりげなく毒のある言葉の方が気になった。もしかしてお父様はお母様よりも厳しかったりするのではないだろうか。

「だけどね、一度没落しかけてからは人が変わったように厳しくなった。周りにも、自分にもね。表裏を上手く使い分けていたからあまり孤立はしなかったけど」

お父様はまるでお母様をずっと見てきたかのように言う。私が首を傾げると、お父様は笑ってあぁ、と溢した。

「シリィと私は所謂幼馴染というものさ。ベルと殿下よりもずっと前から一緒にいた。シリィは元々私の婚約者だったんだ。だけどまぁ……。あのパーティーのご婦人を覚えているかい？　彼女に嵌められて婚約破棄させられてね。一時はどうなることかと思ったよ」

想像以上のドロドロ展開に愛想笑いもできずに口角を引き攣らせることしかできない。

お父様はにっこりと微笑んで立ち上がる。

「だから、シリィの言葉を聞いておいて損はない。ベルは立派な淑女に、ウィルは素晴らしい当主になれるだろう」

「頑張りなさい」とお父様は私たちの頭を一撫でして笑った。そして、不意に思い出したように声を上げる。

「ウィル、どうやら君には初恋が訪れたようだね」

「えっ……」

どうしてそれを、とウィルが呟くが、お父様は意味深に笑みを深める。

「確か、シエノワール・マルキャスだったかな？　どう？　当たってる？」

無邪気に首を傾げ、そう尋ねるお父様に、ウィルは顔を強張らせつつもなんとか頷いた。

「そう、ですけれど……」

「念のため伝えておくけど、彼、男の子だよ」

「……は？」

「シエノワール・マルキャスは男の子。あんな格好してるけど、れっきとした少年だよ」

「えええええっ！」

　ウィルは悲鳴を上げながら大きく目を見開き、そして真っ青になった。想像すらしていなかったウィルの初恋の終わりに私も絶句する。

「そ、そんな……」

「信じられないなら君の目で確かめればいいさ」

　今にも泣きそうな顔で唇を震わせるウィルを慰める言葉が見つからない。ふらりと立ち上がり、自分の部屋へ帰っていったウィルは、それから三日間部屋から出てこなかった。

　私の足はとてつもなく疲労している。
　それは十年もの間ほとんど運動していなかった足を、約二か月近く酷使しているからにほかならない。背筋を伸ばし顎を引けば、自然と腹筋と背筋に力が入る。履き慣れないピンヒールは尽く私の足指を締めつけた。

「重心が斜めになっているわ！」

「くっ……！」

お母様の怒声を聞き、さながら魔王に屈する勇者のような呻き声が漏れた。

王子妃レッスンを始めてから、早くも二か月が経過した。やっとピンヒールを履き慣れて、まっすぐ歩けるようになったところで、今日はなんと頭に本を載せてきた。

「お母様！　最近やっと姿勢よく歩けるようになったのに、あんまりでは？」

「そんなのできて当たり前よ。口答えするならあと二冊増やすわよ！」

「ひぇぇぇ！」

悲鳴を上げたらバサバサと音を立てて本が落ちた。「もう一回」と冷たいお母様の声が響く。それから同じホールにいるウィルの方を振り返って目を吊り上げた。

「ウィルも早くステップを覚えなさい！　いつまでお遊戯をしている気？」

「ひっ！　はい！」

侍女と踊っていたウィルはしごかれる私を見て顔を青くしていたが、今は青を通り越して白くなっている。

教師モードに入ったお母様は怖い。

だが、それが私たちのためを想ってしてくれていることは重々承知している。レッスンを頑張ったら、頼んでもいないのに三時に部屋にスイーツが届く。お母様がしていることだとお父様からこっそり聞いた。ウィルの部屋にも毎回届けられているらしい。アメとムチってやつね。

「シリィ。そろそろ二時間だ」

「……もうそんな時間かしら？」

扉が開いて眼鏡をかけたままのお父様が入ってきた。仕事中だったようで気だるげに髪をかき上げながら懐中時計を確認している。

「きっちり二時間だよ」

「まだ今日教えるべきことが終わっていないのよ」

お母様が珍しく反抗した。こういう時、いつもは大人しく部屋に戻ってしばらくしたら午後のレッスンを始めるのに。どうやら今日は体調がすこぶる良いらしい。お母様は気分が良いとすぐに調子に乗る。

お父様がスッと表情を消した。

「シリィ。あまり私を怒らせるな」

お父様が深いグレーの瞳を細めれば、お母様はみるみるうちに小さくなって拗ねたように口を尖らせる。しかしそれも一瞬で、次の瞬間にはいつものキリリとした表情に戻っていた。

「ベル、ウィル、今日もよく頑張ったわね。ベルはこの後マーティン先生の授業よ」

「やったあ！」

さっきの苦労も忘れて跳んで喜べば、お母様は呆れたようにため息をついた。

「あ、ごめんなさい……」

「まぁ、良いわ。これから矯正していけばいいんだもの」

お母様がにっこりと屈託のない笑みを浮かべる。

「その後、今度はウィルとベルで踊ってもらうわ。そのつもりでね」

そういうとお母様は大人しく踵を返して部屋に戻っていった。


「では、今日の授業を始めますよ。ベルティーア様」

顔にシワを寄せて笑う目の前のお爺ちゃんは、優しそうに見えて数多の教え子を持つ国内でも有名な国学史の先生である。名をヨハネス・マーティン。

「よろしくお願いします。マーティン先生」

「いやはや。私は多くの貴族の家庭教師をしてきましたが、ベルティーア様ほど熱心な方は初めてでございます」

マーティン先生は自慢の白髭を撫でながらにこにこ笑う。シワの寄ってしまった瞼からは、マーティン先生の瞳が見えにくいのが残念だ。

「この前の授業は覚えていますかな？」

「もちろんです！　約五百年前に我らが母国、ヴェルメリオ王国が建国されました」

「国が建国される前に戦争がありましたね。その戦争とは？」

「ヴェルメリオ・ガルヴァーニ魔法戦争です」

「素晴らしい。よく復習できています。今日はそのヴェルメリオ・ガルヴァーニ魔法戦争の背景を学習しましょう」


　お昼前の一時間。

　王子妃教育が始まってから導入された歴史の授業。王家に嫁ぐのだから国の歴史を知らないと話にならないと言って、お母様が先生を雇って始まった。

　私は元々勉強ができる方ではない。前世でも中の中で常に平均点だった。今はベルティーアだし、ずる賢そうだから意外と天才肌かも？　なんて思ったりもしたが、残念ながら期待外れに終わった。

　それでも歴史の授業はとても楽しい。だって異世界の、しかもまだこの世界の半数の人間が魔法を使えた時代の話だ。物語を聞いているようにするする覚えられる。

　わくわくと目を輝かせて話を待っていると、先生がふぉっふぉっと仙人みたいに笑った。

「太古の昔、魔法を使えるのは王族だけではありませんでした。人類の半分が魔力を所持し、魔導師や魔女、錬金術師などもおりました」

「先生！　別の資料では王族の力は魔力ではなく聖力と書かれてありました。ほかの文献を見ると神力や魔術、超能力などさまざまな記述がありました。どういうことでしょうか？」

私が挙手して質問すれば、マーティン先生は嬉しそうに笑って頷く。

「さすがですな。よく勉強していらっしゃる。正直に申しますと、王族の力の正式な名称はございません。敬意を払い、敬うならば特に呼び方は問いませぬ」

「そういうものなんですか」

「百年前頃から魔法と呼ばれることが多くなりましたが」

マーティン先生は咳払いをして話を戻した。

「魔力を使える人間は、時が経つにつれてさらに減りました。原因は分かりません。ただ言えることは、魔力は継承できず、代が重なるごとに薄まっていくということです」

「それほど貴重なものなのですね」

「そうです。しかし、ほかの魔術師たちの魔力が失われていく中で、ヴェルメリオ家とガルヴァーニ家だけはその魔力を保持したままでした」

先生は教科書をトントンと軽く叩く。

「当たり前かもしれませんが、現在でもガルヴァーニという言葉は良しとされていません。一族全滅したという資料もありますが、本当のところは誰にも分かりませぬ。文献は五百年前から消失しておりますゆえ」

先生がため息をついて首を振った。

「ガルヴァーニ家とヴェルメリオ家が戦争を始めたのは単純に領地を得るためです。強き者が上に立つ。ガルヴァーニ家とヴェルメリオ家は互いに国を治めていましたから、目障(めざわ)りだったのでしょうね。魔力を使えるのもその頃になればこの二つの家だけでした」

先生はボードに大陸を書いて真ん中に線を引き、二つに分ける。北の方にガルヴァーニ。南の方にヴェルメリオと書いた。

「そして勝ったのがヴェルメリオ家です。文献では、ヴェルメリオ家は攻撃型(こうげきがた)の魔法が、ガルヴァーニ家では精神干渉型(かんしょうがた)の魔法が得意だったようですよ」

「すごい。私たちには想像できない世界ですね」

「全くです」

先生も興味があるのかゆっくりと白い髭(ひげ)を撫でた。そこで私はある疑問が浮かぶ。

「あの、先生。ヴェルメリオ家はこれまで全く魔力が薄まらなかったのですか？」

「いいえ。徐々(じょじょ)に薄まってはいるようです。その証拠(しょうこ)に五百年前のヴェルメリオ国王陛下と現在の国王陛下では魔力量に差があると統計が出ていますからね」

「え……。それでは、いつか魔力はなくなると？」

この大陸では現在、ヴェルメリオ王国が最も大国で、ほかの小国を制圧しているような形であるが、それは一重に王家が魔法を使えるからだ。ほかにも大陸はあるため、もし魔力がなくなればこれ幸いと攻め込んでくるのではないのか。

そう意見を言えば、先生は驚いたように目を見開いた。空色の綺麗な瞳が重たい瞼から覗く。

「素晴らしい！　よくぞそこまでお考えくださった！　そうですな。もちろん、魔法が失われた時のために資源も蓄えておりますし技術も高めておりますが、やはり国民の意識の差ですかな。なかなか技術は上がりません」

マーティン先生は手を叩いて喜び、そして嬉々として話し出した。

「けれども、時々現れるのですよ。天の配剤とでも言いましょうか。『先祖返り』と呼ばれる者が」

「『先祖返り』ですか？」

「そうです。この国では約二百五十年前にアルティーニャ国王陛下が先祖返りであったと言われております。先祖返りとは先祖と同等の魔力を保持し、知識と記憶を持つ者でございます。しかし、個人差がありまして、魔力も記憶もそのまま持つ者もいれば、魔力のみを受け継いだりする未完成な『先祖返り』もおります。特徴としては、ちとくせ者が多いことでしょうかな」

マーティン先生はけたけたと笑って本を閉じた。

『先祖返り』という言葉なら聞いたことがあった。先祖と同じくらい魔力を持つ王族を指す言葉だ。

「私はディラン殿下も『先祖返り』だと思いますよ」

「え？　殿下がですか？」

「ええ。かつては学者の間でも囁かれておりました。殿下は魔力量が多く、物事の呑み込みも早いと聞きます。恐らく先祖の知識の賜物でしょう。そうした特異種は扱いが難しい。恩恵にもなれば災いにもなる。非常に厄介なものです。アルティーニャ国王陛下は暇つぶしに国一つ滅ぼしたという伝説がございますし、その世は乱世であったと文献にも多く残されております。頑張ってくだされ、婚約者殿」

と先生は私を見つめて笑った。

王子が『先祖返り』だなんて今まで考えたこともなかった。王子の魔法を見たのは、お花をもらった時と王太子と喧嘩した時くらいだ。あそこで初めて魔法で攻撃する姿を見たが、正直私には魔法の平均的な威力が分からない。

王太子の魔法だって、あの時はいっぱいいっぱいで王子と比べる余裕もなかった。

だけど、思い返せば、シュヴァルツも王太子も王子の魔力が規格外だと感じている様子だった。今までよく分かっていなかったけれど、もしかして私が想像するよりずっと、王子の力は危険なものなのではないだろうか。

だからこそ恐れられ、王宮でも避けられているとしたら、王太子の嫌がらせだけが王子の孤立の要因ではない。

「『先祖返り』を暴走させてはなりませぬ」

「え?」

「おぉ、もう時間じゃ。それでは、ベルティーア様。今日も有意義な時間をありがとうございました」

「いいえ! こちらこそわざわざ足を運んでいただきありがとうございました」

先生はしわしわの顔をさらにしわくちゃにして帰っていった。

私はこの日、『先祖返り』という言葉を忘れないようにそっと心に刻みつけた。

丁寧に髪を結び、新作のドレスを着る。素晴らしい淑女になったことをアピールするように姿勢を正した。この数か月で血を吐くような努力をし、真面目に頑張ってきた成果を見せなければ。

今日は三か月に一度、王子が訪ねてくる日である。毎日のように来ていた時からすれば、意外と寂しい日々だった。

「ベルティーア様。ディラン第二王子殿下がお見えになりました」

部屋に入ってきた侍女が恭しく礼をする。

これまでのようにバタバタと駆け降りることなく、ゆっくりと静かに背筋を伸ばして階段を降りていく。しっかり日々のレッスンが身についているようだ。良かった。

「やぁ、ベル」

「ひょっ」

自分の姿勢と足元に集中していたせいか、前方が疎かになっていた。トンと肩に手を置かれ、突然名前を呼ばれれば驚いて変な声が出てしまう。しまったと思いながらも前を見ると、口元に手を当てて笑いを堪えている王子と、奥には苦笑を抑えられていない使用人たちが立っていた。

「で、殿下……。あの、あ、失礼しました！」

慌てて頭を下げれば、頭上からまたくすくすと笑い声が聞こえた。

再び顔が青くなる。丁寧な謝罪からは程遠い荒い礼。うわぁぁ。こんなのお母様に見られたら説教三時間コースは免れない。

「相変わらずで安心したよ。久しぶり」

「お久しぶりです」

そう言って笑う王子も、相変わらず麗しい。いつものように頬にキスを交わし、前回来た時より高い位置にある王子の顔を見つめる。

「……背が伸びましたか？」

「ん？　どうだろう？　確かに伸びたかもね」

自分の頭に手を当てて、私の身長との差を測る。同じくらいだった身長が抜かれている気がする。私も絶賛成長期なんだけれど。

二人で客間に入り、向かい合って座る。王子の仕事の話などを聞けば、難しい単語が多くてよく分からなかった。宰相様からもたくさんのことを教わっているようで、最近は充実しているとか。話だけを聞けば勉強漬けで、本当に忍耐の日々らしいが、王子が楽しそうなのでよしとする。

「ベルの方はどう？　上手くやってる？」

「そうですね、私の教師は母なのですがとても丁寧に指導を受けています」

にっこりと微笑めば、王子は少し瞠目した。

どうしたのだろうと首を傾げると、苦笑される。

「なにか……？」

「いいや、随分と頑張っているみたいで。淑女らしくなっているよ」

「ほ、本当ですか！」

若干素が出てしまいそうになったが、お母様の修業のお陰か露骨に出ることはない。

人はこうして成長していくのだとしみじみと思う。

「本当だよ。俺も嬉しい」

王子は本当に嬉しそうに笑っていた。もしかしたら、好きなタイプは清楚で楚々とした子なのかもしれない。

ゲームを思い出してみても、ヒロインは基本静かであまり自分を出すような性格ではなかった。ただ、誰かを侮辱されたり、自分の生き甲斐である音楽を貶められたりすると人が変わったように激怒する。そういう一面が、各攻略対象者たちとの恋愛フラグに繋がったりするのだ。

「殿下と釣り合えるように、日々精進して参ります」

「ふふ、うん。ありがとう」

王子は楽しそうにニコニコとご満悦の様子。本当に王子と釣り合える日が来るなんて微塵も思っていないけど、これでも中身は大人なので社交辞令くらいはお手のもの。お母様に叩き込まれた台詞を淡々と述べた。

「そう言えば、わたくし今度旅行に行くんです」

手を頬に当てて、ちょっとした話題転換のつもりで切り出した。が、私の思惑とは裏腹に王子の表情が固まる。にっこりと微笑んだまま紅茶を口に持っていく手が止まった。そのまま静かにティーカップをソーサーに戻す。

「……ベル、それはどういうこと？」

「ち、父が、家族旅行に行こうと、申しておりまして」

「ふぅん。へぇ。聞いてないな」

王子がゆっくりと後ろを振り返り、私はギョッとした。さっきまで誰もいなかったはずの扉の脇に、シュヴァルツがいたのだ。全身黒ずくめのせいか、今にも影に溶けてしまいそうで、表情すら見づらい。

「なぁ、シュヴァルツ。お前は聞いているか？」

シュヴァルツが主の言葉に瞬きをしてから、すぐにいいえ、と返事をする。

「私には、何も。タイバス家当主からの報告は一切ありません」

「後で話を聞かなきゃならないなぁ」

不気味に笑った王子に何事かと不安になる。

「あの、父が何かご無礼を……？」

「あぁ、ごめんごめん。そういうわけではないさ。ただ、報告がなかったから……ね？」

不自然なほど綺麗な笑顔を浮かべた王子に、私は大人しく引き下がるほかない。

「何か不都合があれば何なりとお申しつけください」

私の知らない間に王子に嫌われて、知らない間に家が没落しました、なんて本気でシャレにならない。せめてストレートに言われた方がまだ分かりやすくていい。

　王子ってこう、時々怖いほど残酷だから、心の準備もさせずに地獄に落としそうなのだ。精神的苦痛を与えるタイプというか。ねちっこい？

　私がものすごく失礼なことを考えているとは露知らず、王子は悲痛に顔を歪めていた。

「ベル、俺……悲しいな」

「え？」

　戸惑う私を映す綺麗なブルーの瞳を見ていると、無性に落ち着かなくなってきた。

「ベル、俺はね、臣下と話しに来たわけじゃない」

「は、はい」

「将来の自分の妻と話しに来たんだよ？」

「は、はぁ……」

　間抜けな返事しかできなかった。もちろん、王子との結婚に異議があるからこんな返事をしたわけではない。ええ、断じて。

　ただ、思うところがないと言えば嘘になる。なにせ自分の命が懸かっているので。

　私の返事に何を思ったのか、王子がゆっくりと瞳に影を落とした。

　なんだろう、この、地雷をぶち抜いたようななんともいえない手応えは。

「わ、分かっています。私は将来貴方の妻になるでしょう。ええ、それはもう、疑いようもなく」

ニコニコと淑女の笑みを貼りつけながら一気に捲くし立てた。だって怖いから。死にそうだから。

黒いオーラでも出しそうな勢いで王子は笑っている。黒い笑顔ってこういう表情のことを言うのだと二回目の人生で初めて実感した。

真っ黒な笑顔を浮かべていた王子が、今度はぱっと表情を変えてにこやかに微笑む。同じ笑みなのにここまで違いをつけられるのはなぜだろう。彼の笑顔一つで喜怒哀楽が手に取るように分かるのは付き合いがそれなりに長いからだろうか。

「やだなぁ、ベル。ビックリするじゃないか。会えなくなった数か月で気持ちが離れてしまったんじゃないかとヒヤヒヤしたよ」

ヒヤヒヤしたのはこっちですけど？

なんて言えるはずもない。難しい。王子は難しい。

「確かに知識を蓄えることも、淑女としてレッスンをすることも大切だけど。何も二人の時まで畏まることはないいんじゃないかな？」

「いえ、ですが、いつかボロが出てしまわないよう常に淑女を意識しろと――あ、なんでもありません」

王子の目が「ん？」と凄んできたので大人しく口を閉じる。こんな風に減らず口だから可愛くないなんて言われるのか。主にお母様から。

「だから、ね？　俺と一緒にいる間はそんなこと考えなくていいんだよ。いつもみたいに話してほしいな。公の場ではもちろんそれでいいから。せめて二人の時は」

後ろにしっかりシュヴァルツがいるけれど、それは無視して良いのだろうか。無表情で壁と同化しているが確かにそこにいるんだよね。大丈夫かな。

しかし、これ以上王子に反抗するのは得策ではないと踏んでこくりと頷いた。王子がいないならぜひそうさせてもらおう。もしお母様に怒られても王子の言質を盾にしてやる。

「淑女だろうがそうじゃなかろうが、大して変わらないと思うんですけど」

「いやいや。まずその言い方がいつものベルだよね」

王子はけらけらと少年のように笑った。

侍女が部屋に来る前にすでにある程度の支度を整えるため、いまだにしっかり開いていない目を擦る。顔を洗い、口をすすいでから今日のドレスを決めようとクローゼットの取っ手に手をかけようとした時、丁度ノックの音がした。

「どうぞ」

くるっくるの癖毛を手のひらで撫でつけながら返事をすると、侍女が礼をして音もなく私の側に寄ってきた。

「おはようございます、ベルティーア様。お誕生日おめでとうございます」

慣れない言葉に一瞬脳が停止してから、すぐに思い出す。

そうだ。忘れてた。今日は私の誕生日だった。

この世界では、誕生日というのはあまり大きなイベントではないらしい。それよりは、建国記念日とか星の采配の日とかいう教会が絡んだ祭りごとの方がよっぽど賑わう。

「ありがとう。ルティ」

「いいえ。滅相もございません」

無表情で淡々とした言い方をするのは私付きの侍女であるルーテリヌだ。仮面をつけたように能面でシュヴァルツ以上に表情筋が死んでいる。

しかし、内心はものすごくテンションが高くてビビりで面倒見がいい。我が家の侍女をしているのも、家族のためだと聞いたことがある。ただ、感情が表に出なさすぎて色んな屋敷をたらい回しにされてきたとか。

うん、まぁ、子どもだったら怖くて泣くね。

恋に関してはそれはもう奥手で、シャイですぐ赤くなる。分かりやすい。ウィルについている従者に絶賛片思い中で、私とも時々恋バナをしたりするくらいには仲がいいと自負している。

「お嬢様。こちらを」

ルティが無表情のまま私に渡したのは、白い小さな箱に紫のリボンが巻きついているもの。一見プレゼントのようにも見えた。

「これは？」

「ご自分で確認なさってください。お嬢様宛です」

頷いて、ドレッサーの前に慎重に置く。

丁寧にリボンを開けたらふわりと箱がひとりでに開いた。それはもう、魔法のように。

驚いて手が止まる。ルティも息を飲んだ気配がした。

中には花の髪飾りと手紙がある。

表には私の名前。裏を見るとディラン・ヴェルメリオと子どもとは思えない達筆さで差出人の名前が書かれてあった。

手紙を開けてみると、花の匂いがふわりとする。それはあの日、王子が魔法で出した花と同じ匂いだった。

その瞬間、あの日見た美しい光景を思い出す。

菫の花のようなものが描かれた便箋に、綺麗な文字でお祝いの言葉と、今日は事情があって家を訪問できないことへの謝罪。

それから、これからも仲良くしようとか、また遊ぼうとか。

極めつけには最後の一文。

『愛してるよ』

愛してるよ？　愛して……え？

私は手紙など出したこともないし書いたこともないから分からないけれど、この世界では最後にこの一文を添えるのが普通なのだろうか。拝啓で始まり、敬具で終わるというくらいポピュラーなことなのだろうか。

こっそり隣のルティに聞いてみたら無表情のまま赤面したので、恐らく普通ではない。

誕生日だから特別仕様なのかも。

王子の気遣いはとても繊細だった。勝手に開き勝手に消えたこの箱は王子の魔法だろうし、匂いの香るこの便箋も多分魔法だと思う。

王子の魔法以外でこんな花の香りは今まで嗅いだことがない。爽やかさの中に甘さの混じる、でも不快じゃなくて不自然でもない匂い。

手紙を丁寧に折りたたんで机にしまった。

私も今度、手紙を出してみよう。

「ベル、入るよ」

「お父様。おはようございます」

ノックもほどほどに入ってきたのは朝からビシッとスーツで決めたお父様。

挨拶を返しながらにっこりと微笑んだお父様はなにやらご機嫌のようだった。

「可愛いベルティーア、誕生日おめでとう」

「ありがとうございます」

ふんわりと笑ったお父様につられて私も笑うと、次の瞬間にやりと悪戯っ子のようにお父様の口角が上がった。

「さあ、ベル。パティオス島に家族旅行だ」

「……え？」

突然の言葉に疑問符を浮かべた私にお父様は背を向けて、それ以上は何も言わず部屋を出ていこうとした。

確かに家族旅行に行くという話は聞いていたが、それが今日だとは思わなかった。そもそも日程すら伝えられていなかったから、もっと先の話だとばかり。

「い、今からですか？」

「そうだよ？　前に行こうと話をしただろう。詳しい話は馬車の中でしてあげるからついてきなさい」

「まだ支度も何もしていません」

「だが、ちゃんと家を出られるだけの格好にはなっている。なぁ、ルーテリヌ」

「御意にございます、ご当主様」

確かに髪はきちんと整えたし、王子の突撃(とつげき)お宅訪問以降は部屋でダラダラするようなことはしていない。授業やレッスンで忙しいから、そんな暇がないのも理由ではあるが。

慌ててオロオロする私をルティが視線で促す。この視線はお父様に従っておけという合図だ。

私は静かに頷いてお父様の後に続いた。

家を出ると、門の外に遠出する際に使用する一回り大きく作られた馬車が用意されていた。

「ほ、本当に今から……？」

「もちろんだよ。もうウィルもシリィも乗っているよ」

驚いて馬車を二度見すると窓からひょっこりウィルが顔を出した。

「姉上！　早く！」

相当楽しみなようで、お母様に怒られないギリギリのラインではしゃいでいるようだ。

ポカンとしていると、お父様が私の背中を押した。

「ベルにはわざと日程を秘密にしていたんだ。誕生日が近かったし、サプライズの方がわくわくするだろう？」

「確かに……。ありがとうございます、お父様。とっても楽しみです！」

お父様を見上げて笑顔でお礼を言うと、お父様は微笑んだまま続けた。

「実はね、どこかの誰かさんが殿下に家族旅行のことを話したみたいでね」

私の体がギクリと硬直した。

どこかの誰かさんとは十中八九私のことだ。

「殿下からタイバス家が領地を不在にする納得できる説明を要求されたよ。この私が言いくるめられそうになった時はヒヤヒヤしたなぁ。ベルは優秀な婚約者がいて幸せだね？」

明かに嫌みを含んだ言い方をされて、何が悪かったのか分からずに顔色を青くする。お父様は怒ると怖い。正直お母様より怖い。

お父様の逆鱗に触れることは、我が家では死を意味するのだ。

しかし、お父様は私の様子に気付いたようでうっそりと目を細めて見せた。

「君は愛されているね、ベル」

そう言うお父様の声は優しい。

「君の行動は逐一殿下に報告。外出やパーティーなどは殿下が出席するもののみ許可するそうだ」

「……え？」

なにそれ。私、監視されてるの？

再び青ざめた私を見ても、お父様は笑みを絶やさない。

「まぁ、そんな殿下を怖がるのは分かるけれどね、私は殿下を応援したくなるよ」

一歩前に出たお父様はくるりと私の方を振り返り、にやりと笑う。

「シリィを大好きな私に似ているから」

お父様の言いたいことがいまいちよくわからない。だけど何となくゾワリと悪寒がして自分の腕を軽く擦った。


家族旅行で行った島はとても美しく、自然に溢れていて、それはもう幸せな一時だった。

まず、海が青い。当たり前なんだけど久しぶりに見た海には感動した。海底の砂まで見える澄んだ海は、地球ほど塩分濃度が高くないらしい。

これでもご令嬢なので海で泳ぐことなどしない。日に焼けたりしたら困るから。そもそも、海で泳ぐという習慣すらこの世界にはないらしい。海にいるのは漁をしている人か、素潜りする人だけ。どちらかというと、私たちは海の観賞。飽きて途中で寝てしまったらお母様に結構本気で怒られた。

島名物の貝の身を食べ、王子へのお土産に風鈴を買う。この世界にも風鈴があるのかと驚いて衝動的に買ってしまった。自分のお部屋に飾るのと王子にあげるプレゼント。色違いでまるでお揃いのようになってしまったが、これくらいは許されるだろう。

久しぶりに穏やかに過ごした三日間は本当に楽しかった。

羽根つきのペンにインクをつけながらいまだ真っ白な紙を見て唸る。あまりにも考え込むものだから、新しくした白い紙に黒い染みが落ちた。何度目か分からないため息をついて、再び新しい紙を取り出す。机の回りにはたくさんの丸まった紙が転がっていた。

王子にお土産の風鈴を渡す際に同封する手紙。私は今それを書いているのだが、遅々として進まなかった。

「まずは典型的な挨拶から……？　でも、なんて書けばいいの？」

王子の手紙を参考にしてみようと思ったが、お誕生日おめでとうから始まっているこの手紙は、ある意味特殊で参考にならない。

そして、最後の言葉を書くか否かである。

頭が痛くなってすっかりシワの寄った眉間を押さえる。どうしよう。面倒くさくなってきた。もう手紙なんてなくてもいいかな。手紙の一つや二つなくったって変わらないでしょう。

真っ白な紙をメッセージカード程度の大きさの厚紙に変える。これで手短にお土産です、とだけしたためればいいか。……いや、やめよう。私の誕生日にわざわざ手紙をくれた王子に不誠実だ。

再び悩み始めた頃にコンコンと小さなノックの音がした。これはウィルかな、となんとなく予想して返事をする。案の定入ってきたのはウィルだった。

「姉上。来月、殿下がお越しになるようです」

「あら、そうなの。報告ありがとう。あぁ、ちょっと待ってウィル」

もう用はないとばかりに部屋を出ていこうとする弟を慌てて引き留める。ウィルは迷惑そうに顔をしかめた。

「そんなあからさまに嫌そうな顔しないでよ！」

「なんですか？　忙しいので手短にお願いしますね」

なんて酷い弟だ、と口を尖らせ文句を言いながらも、良い案がないか聞いてみる。

「この前、島で買った風鈴を王子に送るついでに、手紙を書こうと思っているのだけど……」

「……それで？」

「何を書いたらいいのか分からなくて」

「くだらな……いえ……来月いらした時に直接渡すのでは駄目なんですか？」

確かに、今度王子が来る時に渡せばいいのだが……。

「うーん、でもねぇ」

「なにか特別な理由でもあるんですか？」

「私、誕生日の時に殿下からプレゼントをもらったの。その時に手紙もあって、私もなにか返事を書いた方がいいのかなって」

「……手紙？」

ウィルが見せてほしそうな顔をしたので、机の引き出しから手紙を出して渡した。

視線を上から下へ滑らせて、恐らく最後の一文でピタリと目を止める。

「……なんですか、これ」

「もしかして婚約者には、こんな風に書くのが決まりなのかなと思って？」

「……書くこともあるんじゃないですか？　はぁ……俺への当てつけ？」

ため息をついて、ウィルの口調が崩れる。ギロリと睨まれたので慌てて手を振った。

「違う違う。ただ、アドバイスが欲しいなぁって」

「こんなラブラブの婚約者たちにアドバイスなんかあります？　初恋を儚く散らせたこの
俺が」

あのウィルが自虐に走っている。なんだか気の毒になってウィルに聞くのはやめよう
と思い直した。

「ごめんね。自分で解決するからいいわ。気にしないで」

「……」

素直に謝って再び白い紙に視線を落とす。決めた。私は決めたぞ。何時間かかろうと、
王子に手紙を書く。決意を新たにペンを握り直すと、近くで深いため息が聞こえた。

「いいです。俺も手伝います。変なこと書かれても困りますし」

「本当⁉　助かるわ！」

やれやれと呆れたようにこちらを見るウィルは、なんだかんだ言って優しいのである。

ツンツンしているが、ちゃんとデレも持ち合わせたシャイボーイなのだ。

「いいですか、手紙は心です。とにかく姉上の真心が伝わればこっちの勝ちです」

「真心……ねぇ。はい！　先生、質問です」

「なんですか」

私の隣で腕を組んで教師面をしたウィルが、発言を許可するように片手を上げた。

「真心をどうやって伝えるべきですか？」

「そんなの、姉上が思ったことをそのまま書けばいいんですよ。島は楽しかった、とか、海は青くて驚いた、とか」

「ええ、そんな手紙をもらって嬉しいかしら……？」

「バッカだなぁ！」

突然ウィルが暴言を吐いてきたのでキッと睨みつける。

ウィルはしまったと顔をしかめ、誤魔化(ごまか)すように咳(せ)き込んだ。

「えー、失礼。大丈夫ですよ。殿下は姉上のことがそれはそれはもう、大好きですから」

「……そうかしら？」

「では逆に、姉上は殿下から手紙をもらって、その内容が殿下の一日だったらどうします？」

「うーん」

王子の一日。それはそれで面白そう。

「面白そうね」

「でしょう？　それと同じです」

「でも、つまらないって思われないかしら？　ヤマもオチもないし」

「誰がヤマもオチもある話をしろと言いましたか。というかそれは殿下が、というより、人として冷たすぎません？」

「そう？　殿下なら思いかねないと思うけど」

ウィルがピタリと動きを止めた。そしてしばらく考えるように黙ってから、小さく頷く。

王子は腹黒だし、正直何を考えているか分からない。ウィルもそれはよく知っているため、上手くフォローする言葉が見つからないのだろう。

「……とにかく！　ほら、手紙を書いてください」

パンッと両手を叩いて、早く書けと催促される。渋々、誕生日プレゼントのお礼と家族旅行のことを書く。誕生日プレゼントについてはまた直接お礼を言おう。

「最後のこれは、どうするべき？」

ある程度書き終わった後、恐る恐るウィルに尋ねた。王子の手紙の最後の文。

『愛してるよ』

これを書くか、否か。

じっとウィルの瞳を見つめていると、キラリと光った。

「当たり前の決まり文句です。心を込めて書いてください」

なぜか熱意のあるウィルの言葉に思わず頷いてペンを走らせる。

「これでいいかな？」

「上出来です、姉上」

「はぁ、疲れたぁ」

ぐったりと椅子の背凭れにしなだれかかる私とは対照的に、ウィルは満足そうににんまりと笑っていた。

「貸し一つですからね、ディラン兄上」

数日後、王宮にディラン第二王子宛の手紙が届いた。

「ん？　珍しいな。第二王子殿下宛だ」

「へぇ。婚約者様ができてからは、ご令嬢からの恋文もなかったのに」

「それ、違うぞ。殿下の側近であるシュヴァルツ様が事前に全部回収されてたんだよ」

「え、なんで？」

「さぁ？　お偉い様の考えることなんて俺には分かんねぇよ」

珍しい封蝋のついた手紙を門番の二人は興味深そうに眺める。彼らは届いた荷物を事前に検品する仕事を担っていた。毎日太陽に晒されながら門を見張るよりは断然やりがいのあるこの仕事は、門番の中でも特に信頼の置ける者しか就けない。

「今時封蝋なんて滅多にないぞ。ただ、差出人が分からないし、どうする？　これ」

「どうって……怪しいだろ。荷物も一緒にあるみたいだけど捨てちまうか」

「だよなぁ。差出人を書かねぇ方が悪い」

「勿体ないけど……あ！」

門番の数メートル先に、運よく殿下の側近であるシュヴァルツが通った。門番の一人が慌てて駆け寄る。

「お忙しいところ、失礼いたします」

「……なんだ？」

書物を王宮の隣にある王城の図書館から持ち出そうとしているところなのか、シュヴァルツは引き留められたことに鬱陶しそうに目を眇めた。

赤くも黒くも見える瞳に門番はゾッと背筋を震わせる。この方も殿下が王宮で冷遇されるようになってから変わった、と長くこの王宮に仕えていた門番はひっそり思った。

「今日、このような物が届きまして……」

包みと手紙を差し出すと、シュヴァルツは面倒くさそうにため息をつく。

「また、どこぞの令嬢か」

チッと静かな舌打ちを聞いて門番も思わず肩を揺らす。情けない。人間、権力には抗えないのだ。

「全く、ディラン様の機嫌が――」

不自然な言葉の切り方をして、シュヴァルツの動きがピタリと止まった。封蝋を見つめて、そのまま固まっている。

何かあっただろうか、と門番も首を傾げた。

「シュヴァルツ様……？」

「あぁ、これは大変だ」

大変だとか言うわりには、口角が徐々に上がっていく。その不敵な笑みに門番は震え上がった。

「第二王子殿下のご機嫌を損ねてしまうものでしょうか。でしたら、こちらで……」

「いや、いい。これは私が届けよう」

「シュヴァルツ様のお手を煩わせるわけにはいきません！　私が持っていきます」

率先して包みを持とうと手を伸ばすが、ヒョイとかわされた。門番が目を白黒させていると、シュヴァルツは再び笑った。

「あまり触らない方がいい。これはディラン様の宝物だからな」

シュヴァルツは急いだ。

手に抱えた可愛らしい包みを守るように持ちつつ、足早に王宮の広い廊下を歩く。

数分でディランの部屋へ着いた。装飾品のちりばめられた豪華な扉に手をかける。シュヴァルツはこの装飾品がディラン手製の結界——魔法道具であることを知っていた。

「ディラン様、失礼します」

「あぁ」

覇気のない返事と共に、扉が数センチ開く。この扉は主の許可、つまりディランの許しがないと開かない。

シュヴァルツが扉を開けると、据わった瞳と目が合う。ペンを持ったまま、資料を片手に足を組むディランの心は退屈の一言に尽きた。

「どうですか？　捗っておられますか」

「つまらない。楽しくない。ベルに会いたい」

謎の三段活用でシュヴァルツの問いを一刀両断する。ディランの予定が合わず、この数か月、彼はベルティーアに会えていない。

「死ぬ。もう、死ぬ。ベルに癒されたいし、ベルに褒められたい」

「いいもの持ってきましたよ」

気持ち悪い笑顔を浮かべたシュヴァルツに、ディランは思い切り眉を寄せた。

ベルティーアの前では決してしないような心底嫌そうな顔だった。

「嫌な予感しかしないんだけど」

「酷いですね。これ、どうぞ」

ディランはうんざりしたように包みと手紙を見て、シュヴァルツと同様、封蝋のところで視線を止めた。そして瞬きを繰り返し、信じられないと口を開ける。

「ベルが気に入っていた封蝋だ……」

封を開け、手紙を読む。途中で、付属の包みはふうりんというパティオス島特有の土産物であると知った。じっくりと文字を見て、最後の一文でディランは血を吐くような呻き声を出す。

「どうかしましたか。鳩尾を殴られたような声を出して」

「頑張れ、頑張るんだ、俺。一か月経てばベルに会えるんだ……」

虚ろな瞳で手紙を握りしめるディランを見る者は、幸運なことにシュヴァルツしかいない。

さて、手紙にはなんと書いてあったのか。

シュヴァルツがこっそりと主の机を覗き込む。追い払われないということは見ても良いということか。

『私も愛しています』

綺麗で繊細な文字で書かれた言葉。これが本心かどうか、そんなことはディランにはどうでもいい。純粋に、書いてくれたというその事実が嬉しいのだ。

「……なるほど」

ベルティーア様も分かっておられる、と主の破顔を見ながらシュヴァルツは一人頷いたのだった。

第五章　溺愛

時間というのは、気が付けばあっという間に過ぎているものだ。

王子と婚約した日にはまだ先だと思っていたことが、今間近に迫っている。

ベッドで仰向けになり天蓋を眺めながら、深く息を吐いた。春が来て、夏になり、秋を感じて冬が過ぎていく。

必死に勉強をして、王子妃教育も頑張って、私は十四歳になった。王子は十五歳。

婚約をしてから五年の月日が流れたのである、信じられるだろうか。私はいまだに信じられない。

慣れない言葉遣いや所作、この世界にしかない法律、歴史。王子妃教育にはついていくのが精一杯で、日々を全力で過ごしていたら瞬く間に十四歳になっていた。

のそりと体を起こし、時計を見る。時計の針が差す時刻はまだ朝早かった。どうりでルティが来ないはずだと納得する。

ベッドから抜け出して朝日に照らされた庭を眺めようと窓に近づこうとしたが、鏡台に映った自分の姿に足を止めた。

「……ゲームのベルティーアそのままね」

自身の雰囲気のせいか悪役令嬢のベルティーアよりは幾分か柔らかい印象を与えるものの、その表情を消せば凍てつく美しさを体現する。

自分の姿であるはずなのに、まるで別の人間を見ているみたいに現実味がなかった。

十五歳を迎えた王子は、来月から聖ポリヒュムニア学園へ通うことが決まっている。

貴族の子息令嬢は皆、十五歳よりこの学園に通うことを義務づけられており、地方貴族も王族も例外なく身分差のない学園内で衣食住を共にする。

驚くことに、学園に通う三年間は、ホリデー以外学園から外出することは許されない。

男子寮と女子寮に分けられ、生徒たちは自立を強要される。

朝の支度や食事の準備（もちろんレストランが学内や寮に存在する）、選択科目から課題まですべて自分で考えて選択していかなければならない。

今まで蝶よ花よと育てられてきた貴族の子どもたちは、ここで失敗と成功を繰り返し大人の階段を上るのである。

王子が学園に通うからには、今までのような頻度で我が家を訪れることはできない。ホリデーの時に来てくれたら嬉しいなぁと思う程度である。王子のことだから、王宮が嫌すぎてホリデーも学園に留まる可能性があるけれど。

五年経った今でも、私と王子の関係は変わらず〝婚約者〟である。

しかし、幼い頃二人で遊び尽くした秘密基地に行くことはなくなったし、トランプも今では机の引き出しに眠っている。

照れるように笑うと幼く見えた王子も、気が付けば青年と呼べるほどに成長していた。

大きくなったなぁ……なんて自分が育てたわけでもないのに感慨深くなったのはつい三か月前のことである。

もしかしたら、また背が伸びているかもしれない。

幼少期を共に過ごした少年が健やかに成長する姿を見る度に、寂しさと同時に深い喜びを感じるのだ。

ガラガラと地面を車輪が滑る音に、伏せていた視線を上げる。

どうやら王子が到着したようだ。

扉の真正面に立ち、出迎える準備をする。ほどなくして使用人が扉を開き、王子を招き入れた。

「ようこそ我が家へお出でくださいました、殿下」

「うん、久しぶりだね、ベル」

昔より、ずっと低くなった声。

数か月前は変声期で喋りにくそうだったが、今は多少落ち着いたようである。

声の良し悪しを気にしない私でも、王子がとんでもなくいい声をしていると断言できる。

ゆっくりと王子が近づいてきて、男性らしい骨張った指が頰に触れた。

「にしても、いつになったらベルは俺の名前を呼んでくれるのかなぁ」

「……畏れ多いことです」

王子はこうして度々私に自分の名前を呼ばせようとしてくる。婚約して五年になるけれど、今さら名前を呼ぶのも憚られ、のらりくらりとかわしていた。ヒロインと結ばれた時に王子と適切な距離感を保つためでもあるので、仕方がないことなのだ。

……だから、甘えた目で見つめられたって折れてはいけない。

「殿下」

「うーん、もう効かないか」

くすくすと楽しそうに笑う王子は、私が彼の甘い瞳に弱いことをよく理解している。

流されないようにそっと目を伏せると、ちゅっと頰にキスをされた。顔が良すぎて最近はこの触れ合いさえも無心でいなければ卒倒しそうだ。

そっと窺うように視線を上げ、齢十五の王子をまじまじと見れば、ん？　と不思議そうに首を傾げられた。

かつての友人が見たら鼻血ものに違いないその容貌。

輝く金髪は光を帯びて輝き、青い瞳は優しそうに眇められている。すらっとした長身と長すぎる足。

スタイルがいいなんてレベルなのか。もはや黄金比。

最強なんじゃないの、この人。私も美人な方だと思うけど、この人の隣には立ちたくない。ただでさえ少ない輝きが掻き消される。

「そんなに見られると照れるよ」

「いえ、殿下は格好よくなられたなぁ、と」

「え、本当？　格好いいって思ってくれてる？」

王子は大人びた表情を一転させ、ぱっと嬉しそうに破顔した。

「容姿を褒められることは腐るほどあるけど、ベルはあまり褒めてくれないから嬉しい」

「美しすぎて直視できないレベルなので安心してください。格好いいだなんて常に思っていますよ」

「そうだったの!?」

王子はますます嬉しさを全開にして、花を飛ばすようにふわふわと笑った。王子にしては珍しく無防備な笑顔に少し驚く。

いつも大人っぽく甘い顔で微笑む印象があったので、こんなに感情を押し出した笑顔はなかなか見られない。

格好いいとか言ったことなかったっけ？　と内心頭を捻りながらも彼が嬉しそうなのでまぁいいかと一人納得する。

ふと王子の顔が近づいてきて、さっきとは打って変わって色気のある微笑を向けられた。

「じゃあ、ベルはいつも俺にドキドキしてくれてる？」

掠れた甘い声色に全身が総毛立つ。

気が付くと王子のペースに乗せられるから、この人は本当に侮れない。

「さぁ、どうでしょう」

王子の頬に触れ、挨拶の意味を込めたキスを返すと、王子はきょとんと瞳を驚きに瞬かせる。

その隙にするりと腕の中から抜け、こちらへどうぞと客間に案内した。

お互い向かい合ってソファーに座り、いつものように談笑する。こうして長い間会えなくても、王子とは気まずくなることもなければ話が途切れることもない。王子は話し上手で、聞き上手だ。

思春期を迎えたら多少はぎくしゃくするものかと思っていたが、結局は杞憂に終わった。

彼は何年経っても優しいままだ。

「学園に入学したら、ベルにも会えなくなるね」

王子は寂しそうに視線を床に落とした。悲壮感の漂う表情に、ぐっと拳を握る。

王子は私と会えないことを本当に残念に思ってくれている。それはもちろん理解できた。

三か月に一度、きっちり我が家へ通ってくれるのは王子なりの私に対する誠意だ。

だからこそ、今日はこの話をすると決めていた。

「殿下」

「ん、どうしたの？」

真面目な顔をして王子を見つめた私を、彼は訝しげに見た。

あと一年で、私たちの関係は変わる。

たとえ、ヒロインが王子を選ばずほかの攻略対象者を選んだとしても、私が二人をくっつけてみせる。ヒロインなら必ず王子を幸せにしてくれるはずだから。

「もし……学園で愛する方を見つけたら」

「愛する方……？」

「遠慮せず私に仰ってくださいね」

「……」

「ぁ、えっと、ほら、女性目線の恋のアドバイスはできるでしょうし！」

王子の剣呑な視線に思わず体が硬直したが、重たい空気にならないよう無理やり声のトーンを上げる。


「ベル」


その一言で、部屋の空気が氷点下並みに凍りついた。

指先も動かせないほどの緊張に包まれる。

「それ、冗談？　それとも愛人を作っていいよってこと？」

王子はゆらりと立ち上がり、向かいに座る私に近づいた。私は立ち上がることもできずに恐る恐る王子を見上げる。

私を見下ろす王子の瞳はあの日見たガラス玉のように無機質だった。

しくじった、と気付いた時にはもう王子の地雷をぶち抜いた後である。よかれと思って言ったことが、余計なお世話であったらしい。

「あ、愛人とか、そういうことじゃ……」

「じゃあ何？　まさか、婚約破棄とか言わないよね？」

とんでもない威圧感に、頭が上手く回らない。私にできることなど、脳みそに浮かんだ言葉をポツリポツリと溢すだけだ。

「その、殿下が望むなら……」

「面白いことを言うんだねぇ、ベル。俺が婚約破棄を望むと思ってるの？」

向けられた王子の怒気に、萎縮し縮こまった私を見かねたのか、王子はソファーに腰を下ろし見下ろすのをやめた。

そして膝の上で揃えていた私の手を取り、そっと撫でる。

「ごめんね、怖がらせちゃったね。ベルがあまりにも見当違いなことを言うからさ。で？　そう思ったきっかけを教えてよ。誰かが君に吹き込んだ？　それとも勘違いしてる？　いいよ、言い訳なら聞いてあげる」

気が付けば指を絡ませるように繋がれていて、キツく手を握られる。

「……だって、私たちは親友じゃないですか。好きな方と結ばれた方が、きっと幸せだと思って」

王子は私の言葉を聞いて、大きく目を見開いた。さっきまであった異常な圧迫感が一気に消え失せる。

王子の怒気も、しおしおと萎えていく様が手に取るように分かった。

「親友……あぁ、親友ね。そっか、俺はまだ、親友なんだ」

ぐっと耐えるように唇を噛みしめた王子の顔には、悲しみと悔しさが滲んでいるように見えた。

繋がっている手に力が込められる。

「俺は、酷い思い違いをしていたみたいだ」

さっきまでの無表情から一変、いつもの優しい笑みに戻った。

しかしその瞳には隠せない激情が表れていて、思わずごくりと喉を鳴らす。

思い違いとは、一体どういう意味だろう。

「勝手に思い上がっていた自分が恥ずかしいよ。ベルが言いたいのってさ、もしもベルに好きな人ができたら俺と婚約解消したいってことでしょ？　だって、〝親友の俺と結婚するより、その好きな人と結婚したほうが幸せ〟だもんね？」

「――あっ」

王子に指摘され、思わず片手で口を覆う。私の言い方だったら、確かにそっちの意味に捉えられても仕方がない。

「ち、違うんです。私、そんなつもりじゃなくて」

「いいんだよ。ただ、俺の愛情がちゃんと伝わってなかっただけの話だ」

妖しく笑みを湛える王子の瞳が私を射貫く。とんでもない藪蛇をつついてしまったのではないか、と今さら青ざめた。

片手を恋人繋ぎされつつ、頬にそっと触れられる。

慣れた触れ合いのはずなのに、バクバクと心臓が鳴るのは緊張のせいだろうか。

唇がくっつきそうなほど顔が近い。頰にキスをすることはあっても、ファーストキスはお互いまだのはず。

「だけど、婚約破棄だけは今後絶対言わないで。いいね？」

瞳孔の開いた王子の青い瞳を間近で見て、その迫力に気圧されるようにコクコクと何度も首を縦に振る。

私が首肯したのを見るや、王子は満面の笑みを浮かべた。

「俺にチャンスをくれてありがとう、ベル」

文句なしの爽やかスマイルであるが、承諾させるのにあんなに圧が強めなことってある？

王子は私の頰を撫でながら続けて言った。

「ベルが何を怖がっているのか分からないけど、俺にはこれから一生ベルだけだよ」

その言葉にギクリと肩が揺れる。

しかし、自分でも何が図星なのか分からなかった。

「俺は、ベルが俺を好きになってくれるなら何だってする」

そんなのまだヒロインが現れていない今ならどうとだって言える。

妙に捻くれた思考回路は、だが王子の顔を見た瞬間に一瞬で吹き飛んだ。

あまりに仄暗い瞳に私は言うべき言葉が見つからない。

「ベルが欲しいものはなんでもあげるし、邪魔な奴がいれば消してあげる」

「いや、殺人はやめてください。シャレにならないです」

「そう？　じゃあやめるね」

またまた冗談でしょ？　と思いながらも、王子の目は至って真剣なのが気になるところである。

「殿下、戯れもたいがいになさらないと……あまり物騒なことばかり言わないでください」

「物騒な俺は嫌い？」

「そ、そういう意味では……」

眉を下げられ叱られた子犬のような表情をされてしまえば、強く言うこともできずに言葉を詰まらせた。

あざとい仕草がこれほど似合う人なんて王子しかいない。

「言ったでしょ？　ベルのためならなんでもするって」

「そんな……」

「好きになってもらえるなら、俺、頑張る。本当だよ」

両手を握られて、海のように暗い瞳に見つめられる。

純粋な気持ちだけでは形容できない何かを感じ、ゾワリと背筋に悪寒が走った。

予想外の展開に顔を引き攣らせた私を見ても、王子はただただ笑うだけだ。

「殿下、もしや激務で疲れているのでは？」

「失礼だなぁ。どうして素直に聞いてくれないのかな。――ねぇ、もしかしてベルにはすでに好きな人がいるの？」

その時脳裏に浮かんだのは、前世の推しであるアスワド様だった。学園に入学したら、一度は会いたいと思った人。

その一瞬の迷いを王子がどう捉えたかなんて想像に難くない。

途端に、表情がすとんと抜け落ちた。

その恐ろしさにひぇっと喉から悲鳴が漏れ出る。

「誰、それ誰。教えて」

「いえ、あの、違うんです」

「どこの奴？　ベル、教えて」

「好きな人なんていませんから！　本当に！　不意打ちの質問にビックリしただけですって！」

詰め寄ってくる王子が怖すぎて声を張り上げるように言えば、王子はピタリと口を閉じた。

「本当に好きな奴はいないんだね？」

「い、いないですよ。もう」

「ふぅん」

問い詰めることはやめたものの、あの一瞬の間を王子は不審がっている。王子の冷たい視線が痛い。

しばらくそうして不毛な押し問答を繰り返していたら、王子の帰る時間になった。

今日だけでげっそりと体力を奪われた私はヘロヘロである。

まだ若干不穏な空気を醸し出しつつも、表情は微笑みを維持している王子が私の頬を撫でた。

「ちゃんとホリデーには帰ってくるから」

「はい、お待ちしております」

いつも通りの挨拶が終わり、抱きしめられると思ったら頬を両手でがっしり摑まれた。

驚きに目を見開けば、王子は何が面白いのか楽しげに笑いながら囁く。

「ベルにもし好きな人がいても、俺はベルを離さないよ。だって、一生側にいてくれるって約束したでしょ？　俺が学園にいる間、俺を裏切ったりしたら……許さないから」

それだけは覚えていて。

王子はやはりにっこりと笑って、私の頭を撫でた。

想像していた展開と違いすぎる。もしかして本当に……と思ったがすぐに考えを打ち消す。

そんなことを考えれば、私の作戦が根底から覆される。王子とヒロインをくっつける、これで王子は幸せになれるはずなのだ。

「またね、ベル。ベルも学園に入学したら、一緒にもっと楽しいことしようね」

「あ、はい」

もっと楽しいことってなんだろうか。

ダメだ、考えるな。なんだか危険な気がする。

王子を見送り、ドッと肩の力が抜けた。疲れた。猛烈に疲れた。

今日はゆっくり休んで寝よう。それがいい。

一年後、私も学園に入学し、さらなる波乱に巻き込まれることになるのだが――それはまた別の話である。

おわり

あとがき

皆様、はじめまして。霜月と申します。

この度は本書を手にとっていただき、誠にありがとうございます。

まだ荒削りだった自分の物語が、しっかりとした形になって完成していく様子をこの半年見てきました。

さながら、子どもの成長を見守る母のような気持ちです。

短編としてウェブに投稿した日から、もう四年の月日が経っているだなんて正直信じられません。

二年かけて連載まで物語の構想を練り、一年かけて完結させ……。あの頃の私はどれだけ溺愛に飢えていたのでしょうか。

ディランという癖の強いヒーローをのびのびと書いている自分を感じる度に、楽しそうだなぁとどこか他人事のように思っていました。

今でもディランの激重感情を書くのだけは飽きないんですけどね。

さて、ここで少し特殊な書籍化への道のりを皆様にお話ししようと思います。

『悪役令嬢は王子の本性を知らない』は、そもそも「小説家になろう」というウェブで投稿した小説です。

まずはベル視点のお話を書き、続いてディラン視点、もう一人の登場人物視点で計三つの短編を書きました。

その時点で、今の担当さんから声をかけてもらったのです。

「短編をまとめて、一つの小説として書籍化しませんか?」と。

短編の打診があるなど想像もしていなかったのでとても嬉しかったし、驚きました。

しかし、その当時、忙しく執筆の時間がないこととベルとディランの話をもっと掘り下げて連載として書きたかったことを理由にお断りしました。

そして二年間、忙しくて筆を取る時間がない時に妄想を繰り広げ、ベルとディランの話をずっと考えていました。
生活が落ち着いた頃、満を持して連載を始め完結まで書ききりました。
完結後に私の胸に宿った願いは、「書籍化したい」でした。
物語を書く者なら一度は夢にみるでしょう。
自分の描いた人間が絵に再現されること、本屋に並ぶこと。
そして私はメールをしました。
かつて私の小説を見初め、書籍化の打診をしてくださった担当さんに。
「私の小説を書籍化していただけませんか⁉」
もうド直球です。
しかも二年越しにいきなりメール。
行動力が半端ではない。しかし、思い立ったが吉日と言うじゃありませんか。
期待半分、断られるだろうな半分。

結果は是。担当さんはまさに神でした。

以上のような経緯を得て、書籍化するに至ったのです。
いやぁ、これは中々ない事例なのではないでしょうか。
本当に幸運です。ここ十年の運を全て使いきったと思っております。

読者の皆様も、ここまでお読みくださり本当にありがとうございます。
それでは、また会う日まで！

霜月せつ

■ご意見、ご感想をお寄せください。
《ファンレターの宛先》
〒102-8177 東京都千代田区富士見 2-13-3
株式会社KADOKAWA ビーズログ文庫編集部
霜月せつ 先生・御子柴リョウ 先生

●お問い合わせ
https://www.kadokawa.co.jp/（「お問い合わせ」へお進みください）
※内容によっては、お答えできない場合があります。
※サポートは日本国内のみとさせていただきます。
※Japanese text only

悪役令嬢は王子の本性（溺愛）を知らない

霜月せつ

2021年12月15日 初版発行
2023年 4 月15日 5 版発行

発行者	山下直久
発行	株式会社 KADOKAWA 〒102-8177 東京都千代田区富士見 2-13-3 （ナビダイヤル）0570-002-301
デザイン	Catany design
印刷所	株式会社KADOKAWA
製本所	株式会社KADOKAWA

ISBN978-4-04-736860-6 C0193

定価はカバーに表示してあります。
◆◇◇

MF文庫J

多元宇宙的青春の破れ、唯一の君がいる扉

2023年11月25日　初版発行

著者　眞田天佑

発行者　山下直久

発行　株式会社 KADOKAWA
〒102-8177 東京都千代田区富士見2-13-3
0570-002-301（ナビダイヤル）

印刷　株式会社広済堂ネクスト

製本　株式会社広済堂ネクスト

Printed in Japan　ISBN 978-4-04-683155-2 C0193

この作品は、第19回MF文庫Jライトノベル新人賞〈佳作〉受賞作品「不確定性青春」を改稿・改題したものです。